FANDANGO
LIBRI

Viale Gorizia 19
00198 Roma

Amore è tratto da *La scopa del sistema* di David Foster Wallace
Titolo originale: *The Broom of the System*

ISBN 978-88-6044-255-0

Copertina e progetto grafico di Federico Mauro

www.fandango.it

Stampato su carta Oikos delle Cartiere Fedrigoni. Carta riciclata non patinata, composta dal 50% di fibre riciclate e dal 50% di pura cellulosa ecologica certificata FSC.

Sandro Veronesi
Baci Scagliati Altrove

racconti

PROFEZIA

E se costui è un eroe, allora gli eroi sono a bizzeffe,
e il mondo ne è pieno, come lo è di cani randagi,
gomme lisce e chiavi smarrite.

Rick Moody

IO SO CHI SEI, ALESSANDRO VERONESI, conosco l'animo tuo, e ti dico che ti adopererai e ti industrierai affinché tuo padre non muoia in un letto d'ospedale bensì, secondo le sue volontà, nel suo, nel cuore della sua dimora, al primo piano della palazzina razionalista di via Bruno Buozzi 3 in Prato, da lui stesso progettata nel 1968, dove sei stato ragazzo. Farai questo per lui pochi mesi dopo averlo fatto per tua madre. So anche che, di conseguenza, ti prenderai la responsabilità di fargli praticare tutte le terapie domiciliari di cui abbisognerà, comprese quelle per fronteggiare le frequenti emergenze prodotte dalle sue gravi malattie concomitanti, e ti dico che t'impegnerai a fare questo senza mai rivolgerti al 118, al fine di scongiurare il rischio d'un ricovero, salvo ovviamente in eventuali casi di vita o di morte, e perciò ti sto dicendo che, pur privo di competenza medica, ti prenderai la responsabilità di distinguere tali emergenze dagli eventuali casi di vita o di morte – per esempio un blocco intestinale –, e che farai questo pochi mesi dopo averlo fatto per tua madre. Ti dico che, malgrado l'ineluttabilità del male che lo affligge, ti sforzerai di sostenere tuo padre nello spirito e nell'ingegno, cercherai di fare in modo che non pensi mai di essere un uomo morto, e ogni venerdì pomeriggio continuerai a condurlo al centro oncologico dell'ospedale di Pescia a fare la chemioterapia secondo i protocolli stabiliti dal dottor Filippo de Braud di Milano e ivi praticati dal responsabile della struttura dottor Fabio Battaglini. So e dico che farai questo pochi mesi dopo averlo fatto per tua madre. E quando non ci sarà più nulla da fare, so che ti dedicherai alla corretta applicazione della terapia del dolore, secondo altri protocolli che altri specialisti stabiliranno, affinché tuo padre non abbia a morire soffrendo i tormenti del corpo. Anche questo lo farai dopo averlo appena fatto per tua madre, ed esserti reso conto di quanto il dibattito sull'eutanasia sia una brutale presa per il culo, poiché la verità che in quell'occasione scoprirai è che l'eutanasia viene comunemente praticata, almeno nei malati terminali, e lo capirai dalla naturalezza con cui il dottor Ciulli, anestesista delegato alla terapia algologica di tua madre, ti chiederà a quale profondità dovrà spingere il proprio intervento, se al livello che chiamerà A o al livello più profondo che chiamerà B, specificando che a entrambi i livelli sarà ovviamente garantita la copertura antalgica a base di morfina solfato, e che la differenza riguarderà soltanto i tempi di durata – dirà – dell'agonia, e nel corso della lenta e probabilmente comica presa di coscienza di cosa quel dottore ti stia effettivamente chiedendo proverai un sorprendente – per te, date le convinzioni che pensavi di nutrire –, scandalizzato orrore, dopodiché, cercando la medesima naturalezza con cui potresti optare per il finestrino rispetto al corridoio, risponderai di preferire il livello A, e quando, malgrado questa tua scelta, appena tre giorni dopo tua madre morirà tra le tue braccia, e tu le sussurrerai nell'orecchio "sei bellissima" ma lei non potrà sentirti per via del protocollo di morfina solfato di livello A che l'avrà resa incosciente, tu ti chiederai quanto cazzo sarebbe durata, allora, se avessi scelto il livello B – un giorno? dodici ore? sei ore? –, e insomma dopo che da questa esperienza della terapia del dolore nei confronti di tua madre sarai uscito stordito, per non dire traumatizzato, io so e ti dico che commetterai l'errore di raccontare tutto a tuo padre, destinato a trovarsi da lì a poco nelle stesse condizioni di tua madre, ma al momento ancora lucido e vigile, così che egli si raccomanderà immediatamente che per lui la scelta si indirizzi invece e senza esitazione sul livello B, e lì per lì non ti accorgerai nemmeno che la tua risposta affermativa per tuo padre equivale a una solenne promessa, e t'incamminerai con leggerezza verso il momento di doverla mantenere, dimenticandotene addirittura dopo pochi giorni, poiché distratto, per così dire, dalle mille incombenze che da lì in poi si accumuleranno, anche perché dopo la morte della sua sposa tuo padre subirà un repentino, fatale peggioramento, e tu, figlio, verrai assorbito dal tentativo di farvi fronte, ancorché sulle prime, poiché so chi sei e conosco l'animo tuo, dico che ti sentirai perduto in un compito che ti sembrerà decisamente più grande di te, dal momento che non si tratterà più solo di gestire l'ordinarietà delle malattie del padre tuo, vale a dire la chemioterapia con tutti i suoi effetti collaterali, la terapia insulinica per il diabete mellito e l'aggravarsi della pancreatite, ma anche la straordinarietà rappresentata da un organismo che avrà smesso di opporsi al proprio disfacimento, e sempre poiché so chi sei e conosco le opere tue ti dico che ti accollerai anche la scellerata incombenza di truccare i risultati degli esami clinici di tuo padre, e che ciò avverrà quando constaterai che le dimensioni di tutte le lesioni tumorali registrate nella prima TAC successiva alla morte di tua madre risulteranno di colpo aumentate di un indicibile mille per cento rispetto alla media dei quattro anni precedenti, e che ciò avverrà perché, essendoti recato tu all'istituto diagnostico a ritirare la busta con il responso, e dunque toccando a te di comunicarlo a tuo padre – per telefono, giacché egli si troverà fuori città, in barca, a pesca –, ti renderai conto che semplicemente non riesci a dirgli la verità, e dunque a quelle cifre toglierai uno zero, trasformando i centimetri in millimetri, e i millimetri in decimi di millimetro, e così facendo – ascolta bene quello che ti dico, Alessandro –, così facendo ti fotterai con le tue mani, poiché appena terminata la telefonata dovrai precipitarti daccapo al centro diagnostico dal quale provieni per chiedere al responsabile che avrà appena firmato il referto – dottor Lastrucci, si chiamerà – la carità di emettere un secondo referto per così dire – non troverai la parola – addomesticato – ecco, troverai questa – che con quelle cifre concordi, e da lui ti sentirai rispondere un no colmo di sdegno, accompagnato da una catilinaria contro quella che egli definirà l'indegna usanza di redigere referti *ad usum delphini* – perché è così che si chiamano –, e allora dovrai correre all'altro capo della città a chiedere aiuto al tuo amico Fabrizzino, grafico web con due zeta, per falsificare il referto, scansionando la carta intestata del centro diagnostico e la fottuta firma del dottor Lastrucci, e intanto telefonando a un altro amico, Paolo, medico del pronto soccorso, per trovare insieme a lui le parole appropriate da accompagnare alle cifre false, che dovranno essere scelte e soppesate a una a una con molta attenzione affinché non dicano a tuo padre la devastante verità ma nemmeno generino in lui la minima illusione circa un qualche miracoloso processo di guarigione, e in seguito dovrai portare a tuo padre, di ritorno da quella che presto si saprà essere stata l'ultima battuta di pesca della sua vita, la busta col referto fasullo, e dovrai restare accanto a lui mentre lo leggerà, temendo che l'occhio suo geometrico si accorga della falsificazione, e invece non se ne accorgerà, anche se a lettura ultimata egli dirà ugualmente che quelle cifre – anche con uno zero in meno, e accompagnate da quelle parole soppesate una a una – significano che lui è un uomo morto, per cui a quel punto ti pentirai di avere mantenuto l'incremento, seppur minimo, nelle lesioni, ti pentirai di non averlo cancellato, il suo cancro, già che eri lì a sparare cazzate (e tra parentesi, Alessandro, poiché so chi sei e conosco le tue opere, dico che ti riconoscerai nel goffo sforzo di esser sincero mentre stai mentendo), e a quel punto, constatando come il padre non arrivi nemmeno a concepire l'ipotesi che tu possa avere falsificato i referti, ti commuoverai, e ricorderai la ragione per cui il padre si fida di te, risalente a pochi mesi prima, quando dinanzi al responso catastrofico dell'ultimo esame a cui sarà stata sottoposta tua madre, e alla conseguente ipotesi di andare a chiedere al responsabile del centro diagnostico (lo stesso dottor Lastrucci, per inciso) un referto falso che in quell'occasione avresti appreso chiamarsi *ad usum delphini*, proprio tu scacciavi quella tentazione dalla mente di tuo padre e di tuo fratello, sostenendo che una famiglia può dirsi unita solo nella verità, mentre nell'infingimento trova la propria distruzione, amen, ben sapendo che in realtà tua madre non avrebbe mai preteso di leggere personalmente i referti degli esami, che si sarebbe come sempre accoccolata, per così dire, in ciò che le voci care le avrebbero sussurrato, e dunque sapendo bene che la falsificazione del referto con lei non sarebbe stata necessaria, mentre in quel momento il padre tuo starà già gestendo algebricamente da quattro anni i referti delle proprie TAC e risonanze magnetiche servendosi di un grafico ascisse/ordinate nel quale avrà tenuta sempre aggiornata la spezzata dell'incremento dei suoi noduli, tanto in assoluto quanto raggruppati per organo colpito, vantandosi di poter così predire in tempo reale e con precisione ingegneristica l'aspettativa di vita, e insomma caro Alessandro torno a ripeterti che con quella mossa di falsificare il referto ti fotterai con le tue mani, anche perché con sorpresa generale tuo padre sopravviverà molto più a lungo del previsto al verdetto che lo definisce un uomo morto, al punto da trovarsi nella (secondo lui) necessità di effettuare un'ulteriore tornata di accertamenti, per cui ti toccherà di nuovo correre da Fabrizzino per falsificare anche quei referti, e stavolta deciderai di lasciare le lesioni invariate, niente più incremento minimo, mentre nella realtà esse avranno progredito in modo non solo indicibile ma addirittura inconcepibile, dato che gli organi aggrediti da lesioni così devastanti avrebbero dovuto smettere di funzionare da un pezzo, mentre invece misteriosamente continuano a pompare, filtrare, secernere, e tuttavia sempre un po' peggio ogni giorno che passa, ragion per cui io so e ti dico che vedrai il corpo del padre tuo corrompersi quotidianamente e perdere quel che gli restava della propria indipendenza, e che ti ritroverai di colpo a doverlo governare, quando finalmente farà la sua comparsa l'acuto dolore al costato che spingerà il dottor Battaglini a sospendere la chemioterapia, dando inizio al protocollo palliativo e alla terapia algologica domiciliare, per ottenere la quale, battendo con agilità sui tasti di una vecchia Olivetti Lettera 22 poiché non avrà mai sentito il bisogno di dotare il proprio ufficio di computer, egli redigerà la domanda che tu, Alessandro, figlio misericordioso, presenterai alla ASL competente, questo sempre pochi mesi dopo averlo fatto per tua madre, la quale domanda verrà accolta con la conseguente assegnazione a un anestesista di riferimento, che però non sarà più il dottor Ciulli bensì il dottor Benenato, sotto la cui guida inizierai dunque a somministrare morfina solfato a tuo padre – prima in compresse, MS Contin da 30 mg., una ogni dodici ore, poi ogni otto, poi ogni sei, poi da 60 mg., quindi in fiale, Oramorph soluzione orale in contenitore monodose da 10 ml., una ogni otto ore, poi ogni sei, ogni quattro –, e ti scoprirai a intrattenere col suo corpo drogato un rapporto assai più stretto e profondo di quanto l'intratterrà egli stesso, ti troverai a manovrare, a lavare e asciugare, per esempio, a massaggiare, stimolare e frizionare quel corpo, e di esso, del corpo malato di tuo padre, diverrai il pastore, raserai il suo volto col Braun a quattro testine rotanti che gli avrai regalato per Natale, e poi, visti i deludenti risultati, col rasoio usa-e-getta a quattro lame – quello a cinque lame non essendo ancora stato inventato –, e tenterai senza successo di tagliargli le unghie dei piedi, e osserverai con stupore quelle unghie respingere tutti gli assalti delle forbicine, e infine, dinanzi alla loro gialla impenetrabilità, ti arrenderai, ricorrendo ai servigi di Giorgia la pedicure, e la osserverai al lavoro con i suoi strumenti da professionista mentre riesce dove tu hai fallito, riportando quelle unghie a un aspetto e colore e dimensioni per così dire normali, e da un certo momento in poi, su indicazione del medico curante dottoressa Baroncelli, io so e ti dico, Alessandro Veronesi, che comincerai a praticare clisteri a tuo padre, utilizzando la soluzione rettale Clismalax, e lo assisterai e sorreggerai nel percorso dalla camera da letto fino al bagno e lo deporrai delicatamente sulla tazza del water, scivolando subito fuori dalla porta, in discreta attesa, quando tutto fila liscio, mentre se invece non filerà liscio, cioè se tuo padre non riuscirà a sedersi in tempo sulla tazza e svuoterà gli intestini nel pigiama, so e ti dico che lo consolerai e lo monderai con la spugna intrisa di sapone neutro Johnson, e che dinanzi alla sua espressione che definire umiliata è poco – mortificata è ancora poco –, riflessa nello specchio del bagno – terrea è il termine giusto –, gli dirai e che sarà mai, l'ho fatto tante volte con i miei figli... e altre stronzate del genere, e ti faccio notare che tutto questo lo farai a lui senza averlo mai fatto a tua madre, poiché il corpo di tua madre sarà stato con amore accudito fin nelle proprie ultime necessità da sua sorella maggiore, la zia Anna – ella, e non te, ne sarà il pastore e lo terrà sempre fresco e pulito e perfino profumato come te lo troverai tra le braccia nel momento fatale, mentre per quello di tuo padre non ci saranno altre cure possibili che le tue, oltre a quelle episodiche di qualche badante in prova che non arriverà mai a conquistare la sua fiducia e quindi la sua intimità poiché ricorda quel che ti dico ora, Alessandro, colui che ti ha generato non accetterà mai di essere accudito da un estraneo, e dunque solleverà ogni tipo di obiezione nei confronti di tutte le persone che gli porterai a casa col compito di curarlo, tanto maschi quanto femmine, e i primi tempi saranno obiezioni di natura razziale, fintantoché gli porterai persone straniere, poiché tatticamente si professerà razzista, allo scopo di indurti a cercare personale ausiliario di nazionalità italiana, notoriamente più difficile da trovare, e poi, quando avrai trovato la disponibilità di costosissime infermiere italiane a domicilio, saranno obiezioni di natura caratteriale – una parlerà troppo, l'altra si prenderà eccessiva confidenza, l'altra riderà in modo volgare –, e insomma io so e ti dico che egli procurerà di far fallire ogni settimana di prova che tu avrai negoziato con ogni candidato/a a governare il suo corpo in vece tua, e affermo anche che su questo non potrai incazzarti poiché sarai ben consapevole che si tratterà del ruggito di rabbia della sua inattesa vedovanza, giacché è inutile dire che egli non accetterà mai di essere sopravvissuto a tua madre, non accetterà mai che a curarlo nelle sue necessità di moribondo non sia lei, e accetterà soltanto le cure tue, quale surrogato di quelle di lei, e da un certo momento in poi anche quelle dell'infermiera notturna di nome Lina, dopo che tu l'avrai addestrata a non rivolgersi a lui con troppa confidenza né troppo freddamente, con la voce né alta né bassa, evitando di parlare troppo di cazzi propri o di farsi troppo i suoi, e soprattutto a non ridere in maniera volgare né a rivolgerglisi come se fosse un vecchio rincoglionito, e perciò so e ti dico, Alessandro, affinché tu ne sia pienamente consapevole fin da ora, che egli non morirà sereno in nessun caso, e a te spetterà solo il compito di fare in modo che s'incattivisca il meno possibile, e sarà a questo scopo che ti concentrerai sulle somministrazioni di morfina solfato al suo corpo aggredito dal dolore, ma sulle prime io so e ti dico che ti ritroverai a riferire al dottor Benenato circa l'esito sempre insoddisfacente dei protocolli da lui adottati, poiché a prescindere dai dosaggi tuo padre continuerà a lamentare un dolore al costato simile a quello prodotto – dirà – dalla puntura di uno scorpione, tanto che il dottor Benenato affermerà che le risposte di tuo padre ai protocolli algologici internazionali saranno da considerarsi abnormi, e quando allora si azzarderà a violarli, quei protocolli, aggiungendovi una modica quantità di benzodiazepina, nella fattispecie una mezza compressa di Halcion, così, per puro esperimento, io so e ti dico che il padre tuo precipiterà in un sonno profondissimo simile al coma, dal quale riemergerà trentasei ore dopo senza ricordare niente, con una gran fame e il consueto dolore al costato, e a quel punto tu penserai che quell'escursione fuori dai protocolli sia il primo passo verso il famigerato livello B – di cui ti ricorderai solo in quel momento, così come solo in quel momento ti ricorderai della promessa fatta a tuo padre –, e allora ne accennerai al dottor Benenato, gli chiederai se col ricorso a quel sonnifero non si possa affermare di essere in un certo senso entrati nel livello B, e dicendo questo proverai lo stesso brivido d'orrore provato quando il livello B veniva evocato nei confronti di tua madre, e ascolta bene adesso, Alessandro, sai quale sarà la risposta del dottor Benenato alla tua domanda? Le parole esatte che egli adopererà, io le conosco bene, e saranno: quale livello B? Al che ripeterai confusamente quanto sostenuto dal suo collega dottor Ciulli riguardo alle due diverse profondità dell'intervento algologico, e come Ciulli le chiamerai livello A e livello B, e come lui accennerai alla loro differenza in termini di durata dell'agonia, e il dottor Benenato ti ascolterà in silenzio e poi sorridendo ti dirà che non esiste nessun livello B, e vedendoti perplesso te lo ripeterà guardandoti fisso negli occhi, non esiste nessun livello B, e ti dirà che il vostro compito è solo togliere il dolore a tuo padre e non certo decidere quanto lunga o breve dovrà essere la sua agonia, e che comunque tuo padre al momento non si trova certo in agonia, e tutto questo lo dirà con grande purezza di cuore, aggiungendo che se nel vostro compito avrete fin lì fallito, poiché la risposta di tuo padre ai protocolli ufficiali sarà stata – e lo ripeterà – abnorme, ciò non significa che continuerete a fallire da lì in poi, subito rimettendosi al lavoro alla ricerca del protocollo in grado di produrre la risposta desiderata, ed effettivamente trovandone uno grazie al quale il dolore al costato di tuo padre finalmente cesserà, e io so e ti dico che questo produrrà quarantott'ore bellissime, Alessandro, serene, durante le quali egli trascorrerà il proprio tempo riposando, o mangiando, o parlando con te o al telefono con tuo fratello o addirittura lavorando al modellino del Pen Duick IV, abbastanza stonato, si capisce, a causa dell'alto dosaggio di morfina solfato, ma senza soffrire neanche un po', e finalmente tu ti sentirai un buon pastore del suo corpo, e finalmente la pace scenderà su di voi, ma purtroppo so e ho il dovere di dirti che trascorse quelle quarantott'ore la risposta di tuo padre al protocollo tornerà a essere abnorme, poiché egli precipiterà di colpo nella più cupa delle paranoie e comincerà a inveire ossessivamente, di giorno nei tuoi confronti accusandoti di essere un traditore, un bugiardo, un puttaniere, e di notte nei confronti dell'infermiera Lina – troia, ladra –, e costringendo Benenato a cambiare di nuovo protocollo, e di corsa, malgrado il dolore fisico sia scomparso, poiché quello mentale generato dalla paranoia gli sarà decisamente superiore, ma purtroppo – attenzione, adesso, a quello che ti dico – da lì in poi, e fino alla fine, e con qualunque protocollo, la paranoia non scomparirà più, pur se rispunterà il dolore, e per tagliar corto e volgere verso il punto decisivo di questa predizione, inizierà allora per tutti e tre – tuo padre, te, Benenato –, ma soprattutto per tuo padre e per te, un tempo veramente duro, per tuo padre perché oscillerà sempre tra dolore e paranoia, con rarissimi momenti di lucidità senza tormento, e per te perché perseverando nell'intento tuo di dargli conforto continuerai a fallire e a vederlo soffrire, anche se in uno dei rarissimi momenti di pace senza dolore né paranoia farai in tempo ad ammirare per l'ultima volta la sua fiammeggiante intelligenza, allorché lo sorprenderai verso le undici di mattina a guardare un programma televisivo su Rete 4, di quelli che egli non ha mai guardato in vita sua, e gli chiederai "perché guardi questo programma che non ti piace, padre? Perché non approfitti di questo momento di pace per finire il modellino del Pen Duick IV, dato che ti manca veramente poco, o sennò per stampare altre foto della mamma, o per lavorare un po' ai filmini di quando eravate giovani, o per scrivere, o per fare una delle tante altre cose che ti piace fare?", e la sua risposta sarà memorabile, Alessandro, preparati a ricordarla per darne testimonianza agli altri, poiché io so e ti dico che egli ti fisserà con quel suo sguardo reso ancor più sottile dalla malattia, e ti dirà "figliolo, io guardo questi programmi di merda per illudermi che la vita sia davvero così misera; che essa non sia amore, e bellezza, e ingegno, e sfide, e conquiste, e natura, e mare e vento e barche a vela, ma una squallida faccenda di rancori, pettegolezzi, paura e puzza di chiuso, come la riducono qua. Così, capisci, mi viene più naturale lasciarla", e si rimetterà a guardare Rete 4, e quelle sue parole ti trafiggeranno, poiché ti renderai conto di non avere mai pensato a quanto possa essere utile, per chi sta lasciando questo mondo, assistere a una sua rappresentazione così miserabile, e che di quei programmi allora si può dire che svolgano la funzione (del tutto involontaria, naturalmente, e ben lungi anche solo dallo sfiorare la mente di coloro che – siano essi maledetti, a proposito – quei programmi scrivono e producono e conducono e sfruttano commercialmente) la funzione dicevo di exit strategy per i malati terminali, atta a rendere meno dolorosa la loro dipartita e farne una misericordiosa dissolvenza – ma anche, Alessandro, io qui ti dico che questa sua lucidità durerà solo qualche ora, e che dopo il pisolino pomeridiano si risveglierà in preda ad ambedue paranoia e dolore, e ruggendo ti accuserà di esserne la causa e ti ordinerà di portarlo via, via da lì, via, via, e purtroppo devo anche dirti che tu non capirai, e lo prenderai alla lettera, e gli risponderai con tutta la dolcezza possibile che non puoi portarlo via, che quella è la sua casa, e gli ricorderai che lui ha sempre detto di non volerla lasciare, eccetera, ed egli si esaspererà, e quasi piangerà, vedendo il figlio suo che continua a non capire, e si dispererà, e griderà, e sosterrà che glielo avevi promesso, e tu ancora non capirai, e smetterai di contraddirlo per non farlo incazzare ancora di più ma continuerai a prenderlo alla lettera e ancora non comprenderai cosa ti starà chiedendo, e tuttavia farai ugualmente la cosa che lui vorrà che tu faccia, e cioè telefonerai a Benenato e gli dirai che è in corso un'emergenza, e Benenato si troverà nei paraggi e verrà di persona nel giro di pochi minuti, e tuo padre ti ringrazierà e subito si calmerà, e ancor più si calmerà quando Benenato deciderà di iniettargli la morfina con un'intramuscolare, e quando se ne sarà andato, dicendoti che se tuo padre non si calma e non si addormenta dopo quell'iniezione, lui getterà nella spazzatura tutti i libri sui quali ha studiato, tuo padre ti ringrazierà e ti chiederà di sdraiarti accanto a lui, e ti prenderà la mano, e si raccomanderà che le sue ceneri – che in quel momento, chissà perché, chiamerà sabbie – vengano sparse in mare nello stesso punto in cui pochi mesi prima avrete sparso quelle di tua madre, e tu di colpo capirai – finalmente –, capirai cosa intendeva quando ti chiedeva disperato di portarlo via, e su di voi scenderà un silenzio profondo e solenne, durante il quale egli, pur non dicendolo, ti benedirà, mentre tu, Alessandro, figlio frastornato, ti sbalordirai di non aver capito, di non aver ricordato, e ti renderai conto che tutto ciò che tuo padre desiderava per il proprio corpo, mentre tu ti affannavi a governarlo, era la morte, e che tutto ciò che si aspettava da te, da quando aveva cominciato a esprimersi in maniera diciamo così simbolica, era l'applicazione del protocollo di livello B di cui gli avevi parlato, e che gli avevi promesso di adottare con lui, e insomma ti troverai a osservare il padre tuo nel momento che lui crederà essere l'ultimo della sua vita, grato a te, figlio, per averglielo finalmente procurato e imperscrutabilmente assorto in chissà quale ultimo, secondo lui, pensiero, e mi dispiace doverti annunciare che il tuo, invece, di pensiero, in quel momento sarà davvero stupido, e inopportuno, se non addirittura osceno, poiché vedendo tuo padre assestarsi sul letto accanto a te per perfezionare la propria posizione di moribondo, con gli occhi chiusi e la mano nelle tue, tu penserai a Ollio, sì, a quella scena in cui crede di esser stato colpito da una fucilata ma in realtà non è stato affatto colpito, e gemendo si sdraia in terra, molto lentamente, e si accomoda sul pavimento, sempre molto lentamente, gemendo, cercando la posizione giusta per morire, e questo sarà il pensiero che avrai nel silenzio di quella che tuo padre crederà essere la sua ultima ora, silenzio che peraltro egli stesso romperà, a un certo punto, dicendo "be'? Allora?" – evidentemente già pronto a protestare pure lì, già a un niente dal fare polemica anche sul tempo di entrata in azione di quella che lui crede essere l'overdose fatale di morfina solfato –, e tu allora lo rassicurerai, gli dirai che l'iniezione fa effetto piano piano, e gli garantirai che presto si addormenterà, anche se non ne sarai affatto sicuro, soprattutto dopo le parole di Benenato a proposito del gettare via i libri su cui ha studiato, e anche se tuo padre ti obbedirà mansuetamente, e si rilasserà, continuando a ringraziarti, e si abbandonerà a una specie di yoga profondissimo, tu continuerai a temere e a preoccuparti, e rimarrai teso e angustiato finché io so e ti dico che verrai letteralmente sopraffatto da quella sua pace e cesserai di preoccuparti, cesserai di temere e di tribolare, ma ci sarà una nuova sorpresa, poiché quando sembrerà a te che tuo padre si sia finalmente addormentato, e a tuo padre d'essersene finalmente andato, andato via, per sempre, di nuovo la sua voce impastata romperà il silenzio, ed egli, sdraiato sul proprio letto di morte, con gli occhi chiusi e la mano destra stretta tra le tue, si metterà a raccontarti di quando ha incontrato Frank Lloyd Wright, un anno prima che morisse, a Milano, dove un locale imprenditore amico suo lo aveva convocato per fargli una proposta, pagandogli un volo privato da Parigi, e ti descriverà quella mitica apparizione all'aeroporto, la sciarpa bianca, il cappotto lungo, il "cappelletto rincagnato", come lo definirà, che tu saprai chiamarsi Pork Pie Hat, cioè il cappello reso celebre da Gene Hackman nel *Braccio violento della legge*, dopodiché faticherai a capire che il racconto sarà già saltato a quando l'imprenditore di Milano chiede a Wright di progettare la sua nuova fabbrica, e soprattutto a quando Wright gli risponde chiedendogli cento milioni di onorario, che all'epoca era una cifra pazzesca, inverosimile, impossibile, più alta di quella che sarebbe servita a costruirla, la fabbrica, al che il suo amico imprenditore impallidisce – ha appena affermato che non avrebbe badato a spese – e abbozza una protesta che Wright stoppa bruscamente, spiegandogli con una certa insofferenza, come se lo stesse facendo per la centomillesima volta, che nel momento in cui lui avesse progettato la sua dannata fabbrica, quella fabbrica, i prodotti che ne sarebbero usciti, la località in cui sarebbe sorta e lui stesso, il proprietario, sarebbero diventati non famosi, ma immortali (come la Johnson Wax per via degli uffici di Racine, come Oak Park per via delle sedici *prairie house* – compresa la sua – e lo Unity Temple, come il signor Edgar J. Kaufmann, commerciante di Pittsburgh, per via della casa sulla cascata, come Harold C. Price, petroliere di Bartlesville, per via della torre omonima), e l'immortalità era la più efficace delle pubblicità, e perciò lui non faceva altro che farsela pagare, e qui tuo padre, già mezzo andato, ridacchierà, e tu potrai solo immaginarti che stia pensando a tutti i capricci di industriale che invece lui ha dovuto soddisfare nella propria carriera, sacrificandovi il proprio rigore di progettista senza mai nemmeno poter pensare alla rivalsa che il suo dio si è preso sotto i suoi occhi a danno dell'amico milanese, e quello, Alessandro, sarà il ghigno con cui egli si addormenterà, vale a dire, dal suo punto di vista, con cui se ne andrà, e sarà ancora sul suo volto quando tu lascerai la stanza, già proiettato con preoccupazione al momento in cui l'indomani si risveglierà, già angustiato dalla prospettiva di dover subire la sua sfuriata di padre preso in giro, e infatti tanto profondamente dormirà lui, graziando per questa volta la biblioteca professionale del dottor Benenato, quanto tu sarai incapace di chiudere occhio per tutta la notte, concentrato a escogitare una qualche spiegazione da offrirgli per la sua non-morte, finché, la mattina dopo, con un abbozzo di spiegazione da sviluppare lì per lì, all'impronta, a seconda della natura e dell'entità delle sue recriminazioni, ti presenterai a casa sua ed entrerai nella sua camera e lo troverai intento a consumare una ricca colazione e a ordinare fegato alla veneziana per pranzo, vispo, fresco, riposato, lucido e completamente immemore della scena madre vissuta la sera prima, la qual cosa – ti conosco, Alessandro, so come ragioni – ai tuoi occhi la renderà immediatamente preziosissima, dato che a quel punto, privata della coda polemica che ti preoccupava, essa sarà di fatto la vera morte di tuo padre, quella da lui voluta e scelta, e solo tu al mondo ne sarai stato testimone, ti sto dicendo insomma che l'angustia che ti ha tolto il sonno si rivelerà inutile, poiché tuo padre non ricorderà d'esser morto tenendoti per mano, né d'esserti stato grato, né di averti raccontato di Frank Lloyd Wright, e che al suo risveglio sarà pimpante e per qualche ora anche affettuoso, e tuttavia dopo quel breve intervallo di pace dico che tornerà a lamentare dolore, forte, al costato, e tutto ricomincerà da capo, con nuove paranoie, e sofferenza, e incazzature, e tu non potrai fare a meno di chiederti perché la morte di tua madre, così improvvisa, così atroce e vigliacca, sarà stata da lei accettata con tanta dolcezza e semplicità mentre quella di tuo padre, invece, tanto attesa, annunciata, preparata e da lui medesimo ormai anche desiderata, perché invece sarà così rabbiosamente rifiutata, e nel pieno di questo interrogativo il telefono squillerà e sarà l'infermiera Lina che vi mollerà, dovendo urgentemente dedicarsi alle cure della figlia talassemica, e ricominceranno le polemiche sull'assistenza notturna, i rifiuti etnici e la ricerca urgente di un/una infermiere/a italiano/a che però stavolta non verrà trovato/a perché so e ti dico che tuo fratello prenderà in mano la situazione e vi recapiterà a casa un tassativo, sorprendente, giovanissimo infermiere russo di nome Vadim, che tuo padre accetterà senza fiatare come sapesse da sempre che faceva parte del suo destino, e che si installerà nella camerina che fu del nonno, dove dormirà di giorno per essere in grado di assistere tuo padre di notte, anche se non ci sarà il tempo di capire se sia veramente così bravo come sostenuto da tuo fratello giacché tuo padre si aggraverà all'improvviso, e all'improvviso tutto accelererà, e Benenato aumenterà il dosaggio di morfina solfato fino a ottenere una specie di coma farmacologico onestamente non molto lontano da ciò che tu avevi inteso quando Ciulli aveva parlato di quel livello B che secondo Benenato non esiste, e così capirai che per gli anestesisti ci sono tanti modi diversi di definire la stessa cosa, e soprattutto capirai che quella sarà la fine, e che Benenato non starà facendo altro che assecondarla, anche se tuo padre riuscirà a beffarlo per un'ultima volta allorché, pur così inarrivabilmente – secondo i protocolli – sedato, egli si risveglierà, proprio così, e ridiventerà senziente per dire addio a tuo fratello, fatto tornare urgentemente su da Roma, per riconoscere tuo fratello, e sorridergli, e farsi tenere la mano anche da lui e dirgli addio bisbigliandogli all'orecchio qualcosa che tu non sentirai, Alessandro, e che non saprai mai, e sarà il loro segreto, così come la storia di Frank Lloyd Wright sarà il vostro, in questo confermando è proprio il caso di dire fino alla morte la sua leggendaria imparzialità, quello strenuo, scientifico suo sforzo di non fare mai differenze tra i figli il cui motto potrebbe essere l'indimenticabile "Ho Un Figlio Stronzo, Anzi Due!", gridato durante una lite con te, in barca, alla ruota nel golfo di Lipari, tuo fratello essendo del tutto estraneo alla diatriba, imparzialità che non capirete mai fino in fondo quanto sia stata essenziale per fare di voi fratelli due uomini equilibrati, cavalcando la quale vostro padre si accommiaterà per sempre da questo mondo, abbandonandosi al sonno cavernoso e irreversibile previsto dal protocollo di Benenato, e a quel punto sarà davvero questione di ore, di poche ore, poiché io so che tuo padre rimarrà in quella condizione di leone sedato fino al cuore della notte, quando tu starai dormendo nel tuo letto, tuo fratello nel suo, e Vadim, secondo la sua stessa versione, sarà andato cinque minuti in cucina a bere una tazza di caffè, e in un solenne solitario istante smetterà di respirare, e tu verrai svegliato dalla telefonata di tuo fratello, e saranno le tre e mezza del mattino, e ti vestirai e andrai a casa di tuo padre e lo troverai morto, e Vadim starà piangendo, starà letteralmente singhiozzando, e vorrà irragionevolmente andarsene subito, anche se tu gli dirai che a quell'ora non ci sono treni, anche a costo di non farsi pagare i pochi giorni di lavoro perché né tu né tuo fratello avrete i contanti per pagarlo, e insomma questo Vadim avrà un crollo nervoso, e poiché so chi sei e conosco l'animo tuo ti dico che correrai a uno sportello bancomat per lui, correrai a ritirare i contanti per pagarlo e permettergli di fuggire nella notte, e mentre sarai lì a ritirare le banconote dalla bocca della macchinetta ti sentirai solo, e stanco, e abbandonato, e orfano, e l'alba sarà ancora lontana, e alzerai gli occhi al cielo, e il cielo sarà nero come un sacco di crine.

Morto per qualcosa

Dall'età di sei anni Ropiten fu portato dal padre al circolo, due sere alla settimana. Il padre giocava a biliardo di soldi con i suoi amici, e Ropiten stava lì a guardarlo. Nei primi tempi si addormentava, ma poi, crescendo, fu capace di resistere sveglio fino alla fine delle partite. Imparò le regole, e cominciò a seguire il gioco con molta attenzione. Anche se parteggiava per il padre, la sua testimonianza era qualcosa di obbiettivo e grazie a lui i giocatori di biliardo si accorsero che certe volte sbagliavano a tenere i punti. Così, quando Ropiten aveva quattordici anni, fu incaricato di segnare il punteggio per tutte le partite. Dapprima suo padre e gli altri controllavano, ma presto si accorsero che Ropiten non sbagliava mai, per cui loro potevano concentrarsi esclusivamente sul gioco. Era la prima volta che il circolo disponeva di un segnapunti ufficiale per le partite di biliardo, uno che non stava lì ad aspettare il proprio turno per giocare ma preferiva manovrare le palline sull'asta di legno.

Poi, una sera, il padre di Ropiten ebbe un infarto. Venne disteso sul biliardo, e il dottore, quando arrivò, gli salvò la vita ma gli disse anche che non era più tempo, per lui, di fumare sigarette e giocare, perché aveva il cuore malato. Così il padre di Ropiten non poté più andare al circolo. Ropiten aveva diciott'anni, e continuò lui solo ad andare al circolo due volte alla settimana per segnare i punti nelle partite degli amici di suo padre. Gli volevano tutti molto bene e ogni volta, dopo le partite, gli offrivano da bere e lo riaccompagnavano a casa. Il giorno dopo lui raccontava al padre chi aveva vinto e chi aveva perso, quante partite, quanti soldi, con quali colpi. Poi Ropiten andava all'ufficio di rappresentanza di lane e tessuti sintetici del padre, a lavorare. Il padre restava a casa, in vestaglia, e gli dava consigli per telefono.

Qualche tempo dopo, sebbene avesse smesso di fumare e andare al circolo e di lavorare, il padre di Ropiten morì, per un altro infarto. Il dottore disse che allora era destino e contro il destino non si può far nulla. Ropiten si trovò solo a mandare avanti l'ufficio di rappresentanze di lane e tessuti sintetici, e il lavoro non andò né meglio né peggio di quando suo padre gli dava consigli per telefono.

La sera, due volte alla settimana, Ropiten continuava ad andare al circolo e a segnare i punti. Gli amici di suo padre continuavano a giocare a biliardo di soldi e a fumare, nessuno di loro aveva infarti e a nessuno il dottore vietava nulla. Questo, a Ropiten, parve ingiusto. Gli parve ingiusto che suo padre fosse morto senza che cambiasse proprio nulla, nemmeno dove aveva passato il tempo per tanti anni.

Così, una sera, d'improvviso, a Ropiten venne in mente una cosa. Mentre era lì che segnava i punti gli venne in mente che avrebbe potuto barare. Ci provò:

segnò più punti a un giocatore e meno a un altro: nessuno si accorse di nulla. D'altra parte il suo imbroglio non era stato decisivo, il vincitore avrebbe vinto ugualmente anche se lui non avesse barato. Perciò la volta successiva barò con più coraggio, fino ad alterare il risultato della partita. Di nuovo nessuno si accorse dell'imbroglio, il perdente che aveva vinto mise i soldi sul biliardo e il vincitore che aveva perso se li ficcò in tasca. Allora Ropiten capì che nessuno avrebbe mai sospettato di lui.

Cominciò a barare sistematicamente, con un criterio preciso; al suo arrivo al circolo stava attento a quale giocatore si accendeva per primo una sigaretta: chiunque fosse, Ropiten gli segnava tre punti ogni quattro effettivamente realizzati.

Le alterazioni di Ropiten potevano rovesciare o non rovesciare l'esito delle partite, ma in nessun caso si trattava di risultati regolari. Poco alla volta, Ropiten vide gli amici di suo padre cominciare a discutere per delle questioni di punti. Qualcuno, alla fine della partita, cominciò a mostrarsi perplesso di avere perso, o di avere subito un distacco troppo pesante; ma subito il suo avversario gli spiegava perché aveva perso e come aveva accumulato il distacco. Se quello non si convinceva, l'altro chiamava a testimoni tutti i presenti, che si schieravano da una parte o dall'altra secondo le simpatie personali. E se qualcuno osava sospettare che Ropiten si fosse sbagliato a segnare i punti, subito il giocatore avvantaggiato era pronto a dimostrare che non era vero, e qualche testimone ci giurava sopra. Ogni sera il giocatore danneggiato e quelli avvantaggiati cambiavano, a seconda di chi avesse acceso per primo la sigaretta; e così, imbrogliando ma non a vantaggio di qualcuno in particolare, Ropiten non venne mai messo in dubbio come segnapunti. Vennero fuori soltanto molti sospetti reciproci tra i giocatori, rancori lontani che risalivano indietro nel tempo, a quando Ropiten segnava i punti correttamente e suo padre era ancora vivo.

Allora a Ropiten venne un'altra idea, e subito la sperimentò. Smise all'improvviso di barare, così come aveva cominciato. Le discussioni proseguirono ugualmente. I risultati delle partite tornarono a essere regolari, ma i giocatori non smisero più di bisticciare. Anzi, si spinsero oltre: arrivarono a insultarsi, a minacciarsi le botte, finché una sera uno tirò due pugni all'avversario che lo aveva battuto. Altri due saltarono addosso a lui e lo presero a calci, e al gestore del circolo venne spaccata una stecca sulla testa. Vennero le ambulanze, e assieme alle ambulanze la polizia, che prese il nome a tutti e si portò tre giocatori al commissariato. Ropiten, comunque, fu riconosciuto estraneo alla rissa.

Fu così che le partite di biliardo, al circolo, non le giocarono più nemmeno gli amici di suo padre, che stavano bene di cuore e continuavano a fumare ma non erano più amici tra di loro.

Altri giocatori, che Ropiten non conosceva, presero il loro posto. Anche il gestore del circolo smise di fare il gestore del circolo, perché dopo la botta in testa non riuscì più a lavorare: vendette la licenza a uno più giovane e si ritirò a riscuotere un'assicurazione.

Ropiten non andò più a segnare i punti per gente che non conosceva, e rimase tutte le sere della settimana a casa a guardare la televisione. Si annoiava, però almeno poteva dire che suo padre era morto per qualcosa.

Quel che è stato sarà

A TRE ANNI SI È INGENUI. Se tuo padre ti mette sotto i piedi un paio di pattini a rotelle e ti porta al parco, non ti vien fatto di dubitare di lui. È sua la mano che la tua cerca perché ti sorregga. Non ti accorgi, lì per lì, che la sua mano arretra, ti sfugge e a furia di rincorrerla hai imparato a pattinare. Non sai come, ma è già successo. Tuo padre ti porta tutte le domeniche sugli alianti, e un bel giorno sai distinguere i cirrocumuli dai nembostrati, riesci a vedere le correnti termiche, che sono invisibili, riconosci gli uccelli dal modo di volare. Se tua madre dimagrisce e ingrassa in continuazione per colpa del padre, ce ne metti di tempo prima di capirlo. Pensi che sia normale.

Per anni ho creduto che mio padre fosse dirigente di una grande fabbrica di profilati metallici. Come prova gli era sufficiente portare a casa, di tanto in tanto, uno di quei cartelli illustrati per la prevenzione degli infortuni, che io appendevo in camera mia. Esplosioni, mani mozzate, profilati metallici che piovono sulla testa, incendi, ruzzoloni dentro gli altiforni, ho messo su una bella collezione. Smantellarla non è mai stato possibile.

"Organizzatore del personale", si faceva chiamare. Ufficialmente si occupava di problemi sindacali con le maestranze, in realtà il suo compito era di licenziare gli operai senza che loro se ne accorgessero. Ma qualcuno se n'era accorto perché sul muro della fabbrica, l'unica volta che mi ci portò, lessi CELADON AGUZZINO.

La faccia dell'aguzzino, in effetti, l'ha sempre avuta, con quei capelli grigi dritti in testa. Ma ce ne vuole prima di capire una cosa del genere riguardo al proprio padre. Per troppo tempo devi pensare col suo cervello, per troppo tempo è impossibile dubitare della sua parola. Così, quando vedi le cose come stanno è già tardi, non puoi più agire, puoi soltanto reagire.

Fu alla Villa del Vescovo, durante il ritiro spirituale per la prima comunione, che pensai per la prima volta col mio cervello. Il prete ci fece inginocchiare e disse "Raccoglietevi in voi stessi e pensate con purezza a quello che desiderate". Fu lì che mi accorsi che il pattinaggio non mi piaceva, il volo a vela mi faceva venire la nausea e i cartelli illustrati per la prevenzione degli infortuni mi facevano orrore. Ma ormai, come ho detto, era tardi: la mia stanza era costellata di cartelli, avevo già un paio di pattini da competizione, e tutti, all'aliporto che mio padre aveva fondato, mi pronosticavano un grande avvenire di volovelista. Naturalmente i miei capelli erano già corti e dritti, a spazzola, sopra la testa. Mi sentii talmente male, quel giorno, che rubai il vino consacrato dal tabernacolo e lo bevvi fino a ubriacarmi. Così, tanto per far qualcosa. Poi molestai i miei compagni, tirai dei sassi a un prete e infine, scappando, caddi dalle scale e mi feci un occhiello in un gomito. Mio padre mi chiese subito se ero pentito, intendeva perdonarmi. Risposi di no, e allora mi spedì in un collegio di suore. Lì erano preghiere e catechismo tutti i giorni, e durante le poche ore di libertà venivo riconsegnato nelle mani di mio padre. Poiché si trattava dei giorni festivi e lui non doveva lavorare, se c'era bel tempo mi portava sugli alianti, o a pattinare nei parchi se pioveva o nevicava.

Fortunatamente, passato a fatica l'esame di quinta elementare, le suore dissero a mio padre che non mi volevano più nel loro collegio, ero di cattivo esempio per gli altri. Andassi alle scuole pubbliche. Mio padre prese le mie difese e litigò con la superiora, arrivando a dire che quel collegio era pieno di delinquenti.

Fu allora che si mise in testa quella sua idea delle cattive amicizie. Mi parlò molto amichevolmente, un giorno, mentre volteggiavamo su per una termica interminabile. Riconobbe di avere sbagliato a mettermi in collegio, perché nei collegi ci sono i bambini peggiori e io, col mio carattere debole, mi ero fatto condizionare dalle cattive amicizie. Inutile tentare di spiegargli che in collegio non avevo fatto nessuna amicizia, né cattiva né buona. A furia di girare su noi stessi, intanto, sotto la capottina di plexiglass che duplicava il calore del sole, io cominciavo a sentirmi male, ma lui continuò a veleggiare e a parlare finché non fu arrivato al dunque – e il dunque era che avrei dovuto farmi un amico del cuore, tutti i ragazzini della mia età avevano un amico del cuore. Anche lui ne aveva avuto uno, che si chiamava Riccardo.

Quando finalmente iniziammo a scendere di quota, pretese che fossi io a impostare l'atterraggio – è arrivato il momento, disse. Ora, è difficile spiegare quanto mi costò impostare quell'atterraggio, e non saprei dire come feci. Una volta a terra, ero talmente stralunato che non riuscii nemmeno a vomitare. Poi, mentre eravamo in macchina, mio padre disse che l'atterraggio, così come l'avevo impostato io, ci avrebbe fatto schiantare contro il terrapieno prima della pista, e che era stato lui, di nascosto, a correggere i miei errori con i doppi comandi.

C'era ancora luce, quella domenica, non tornammo subito a casa. Traversammo la periferia e approdammo davanti a un palazzone di venti piani in una foresta di palazzoni tutti uguali. È il momento in cui compare sulla scena la famiglia Costantini, un momento molto importante per la mia vita.

Ivan Costantini era un signore dell'età di mio padre, piccolo e magro, che lavorava anche lui nella fabbrica di profilati metallici. Aveva una moglie bionda che si scusò più volte per il disordine, ma non c'era nessun disordine in casa sua. Era semplicemente più piccola e più povera della nostra. Noi abitavamo già in campagna, a quell'epoca, perché l'aria pura faceva bene alla mamma e si era anche più vicini all'aliporto.

Mentre mio padre e il signor Costantini parlavano della fabbrica, io osservavo tutti gli oggetti e i mobili che mi circondavano, ed erano molto più modesti di quelli che avevamo noi. Forse era di questo che la signora Costantini intendeva scusarsi. Poi, quando era già buio, arrivò anche il figlio dei Costantini, che si chiamava Giacomo come me, aveva la mia età, e tornava dalla partita dell'Inter dove l'avevano portato gli zii. Aveva ancora la sciarpa nerazzurra intorno al collo.

Lo invidiai subito, quando si mise a raccontare al

padre la sua domenica. Io non avevo mai passato una domenica lontano da mio padre, così da potergliela raccontare. Non ero mai stato a una partita di calcio, perché mio padre diceva che il calcio è per i poveri di spirito, ma nel racconto di Giacomo Costantini appariva invece come qualcosa di molto divertente. L'Inter aveva vinto quattro a uno, Mazzola aveva segnato due volte, e Giacomo Costantini era felice.

Nei pochi minuti che rimanemmo insieme mi feci l'idea che fosse un ragazzino piuttosto strano, che non sapeva nulla degli alianti, non pattinava, non andava male a scuola e non si vergognava dei suoi genitori. Sulle pareti della sua stanza non c'erano placche anti-infortunio, ma fotografie di calciatori. Un'altra cosa curiosa che fece fu spogliarsi tutto nudo e dirmi che in camera sua a lui piaceva stare così, senza vestiti.

Mio padre non mi ha mai detto chiaro e tondo che voleva fare di Giacomo Costantini il mio amico del cuore, né quella sera tornando a casa né mai. Cominciò semplicemente a parlare di lui in continuazione, e a raccontare un mucchio di cose belle su quella famiglia semplice e onesta che andava presa ad esempio e aiutata. Di tanto in tanto, la domenica, dopo le trasvolate o, se nevicava, dopo il pattinaggio nei parchi, mi portava a casa dei Costantini, dove Giacomo poteva esserci o non esserci a seconda se l'Inter giocava in casa o in trasferta. Quando c'era, venivamo rinchiusi in camera sua a giocare, a volte lui si spogliava nudo, altre no. Anche se invidiavo la sua vita senza regole apparenti, quel ragazzo non mi piaceva; mai una volta che mi abbia invitato allo stadio insieme agli zii, o si sia offerto di andare a volare sugli alianti al mio posto. Lo invidiavo però non mi piaceva, e soprattutto diffidavo di lui come di tutto ciò che mi veniva imposto da mio padre. Per fortuna tra noi si frapponevano le grandi distanze metropolitane, andavamo a scuole diverse, per cui ero costretto a vederlo non più di due o tre volte al mese.

Così durò due anni. Due anni nei quali combinai poco altro che rimediare rinvii a settembre in matematica, storia e persino in religione. Lo scarso profitto a scuola, la cattiva condotta, le note rosse sul diario, erano le mie uniche armi, dato che non potevo oppormi in alcun modo agli addestramenti di volo a vela o di pattinaggio. A volte mio padre veniva a prendermi a scuola e mi faceva vergognare, ma nel complesso mi sembrava di resistere bene ai suoi attacchi, e avevo ancora una certa speranza riguardo al futuro. Non potevo sospettare ciò che, in segreto, stava architettando, non avevo la minima idea del vantaggio che si stava silenziosamente costruendo, dando fondo a tutte le sue risorse.

Dall'alto del suo ruolo di aguzzino di fabbrica aveva cominciato a favorire in tutti i modi l'avanzamento di Ivan Costantini nei quadri aziendali. Lo trascinò lontano dai macchinari e dagli avvisi di pericolo, fino a un impiego dirigenziale simile al suo. Nel frattempo tartassò senza tregua il nostro vicino di casa, in campagna, riguardo alla grande convenienza di certi nuovi insediamenti edilizi in città, finché quello si arrese e si convinse ad andarsene. A quel punto persuase Ivan Costantini ad acquistare la casa vicina alla nostra, anche se per la famiglia Costantini si trattava di un passo più lungo della gamba. Arrivò perfino a offrirgli un prestito amichevole senza interessi, e alla fine, naturalmente, la spuntò; Costantini s'indebitò pesantemente per insediarsi nella casa in campagna confinante con la nostra. A dimostrazione che tutta la manovra fosse accuratamente premeditata valga il fatto che il giorno del trasloco dei Costantini nella nuova casa coincise con un venti di marzo: il compleanno di mio padre.

Ovviamente tutto questo l'ho capito dopo. All'epoca riuscivo a malapena a sospettare che se qualcuno aveva scritto sui muri CELADON AGUZZINO una ragione doveva pur esserci. L'arrivo dei Costantini mi pareva solo una tegola che mi pioveva all'improvviso tra capo e collo.

Una risposta, simbolica, riuscii comunque a organizzarla. Il giorno del trasloco mio padre non mi portò a volare, per via del pranzo di benvenuto ai nuovi vicini. Era la prima domenica di sole che non passavo per aria da che avevo memoria. Fui mandato al bar del paese a ritirare una torta, e così mi ritrovai con un'inattesa libertà d'azione. Scivolai in camera mia e ruppi il salvadanaio, avvolsi i miei risparmi in un fazzoletto e li portai con me. Lungo la strada li sotterrai, ma ero così eccitato dal mio piano che dimenticai dove, e quei soldi non li ho più ritrovati. Pazienza: erano pochi. Di ritorno con la torta, tagliai per un campo dove da parecchio tempo avevo adocchiato un bel carretto di legno incustodito, e lo rubai. Poi cominciai a risalire il campo, che era in pendio, trascinando il carretto con sopra la torta e pregustandomi la soddisfazione di vedere mio padre ricevere in regalo, per il suo compleanno, un oggetto rubato. Ancora maggiore era la soddisfazione che mi aspettava considerando che tutto sarebbe accaduto sotto gli occhi di Ivan Costantini e di sua moglie, i quali ormai lo adoravano come un sant'uomo. Ma mentre passavo davanti alla casa dei nostri nuovi vicini vidi all'improvviso Giacomo Costantini, nudo, in piedi sul davanzale di una finestra, che mi fissava. Continuai a trascinare il carretto sotto il suo sguardo, temendo che potesse avermi visto mentre lo rubavo e raccontare tutto, o ricattarmi. Ma seppe fare di peggio. Mi guardò sfilare sotto la sua finestra e poi, d'un tratto, gridò: "Tu sei un cavallo!". Scoppiò a ridere e rimase lì, nudo, in piedi sulla finestra, quindi scomparve. Tranne me non lo aveva visto nessuno. Pensai a una bella risposta da dargli, ma non me ne venne in mente neanche una. Rimasi fermo e muto, mortificato da quella battuta, e mi vergognai profondamente di trainare il carretto su per il campo, come fossi davvero un cavallo che Giacomo Costantini aveva smascherato. Quando arrivai a casa, Giacomo Costantini era già lì, insieme agli altri, naturalmente vestito e coccolato. Consegnai lo stesso il carretto a mio padre, e gli mostrai i cocci del salvadanaio per provargli che lo avevo comprato, ma la soddisfazione che avevo pregustato non riuscii a provarla. Nemmeno vedendo che mio padre era caduto nella trappola, mi abbracciava, e sistemava subito il carretto in mezzo al giardino, sull'erba, con tanti vasi di fiori appoggiati sopra. L'umiliazione inflittami da Giacomo Costantini aveva sciupato tutto.

Per di più, pochi giorni dopo, Giacomo Costantini piombò in classe mia a finire l'anno scolastico, dato che la scuola dove andava prima era diventata troppo lontana. Anche a questo dettaglio aveva provveduto mio padre, che conosceva bene il preside. Ivan Costantini si disse preoccupato che il cambiamento potesse nuocere al profitto di suo figlio, e mio padre lo rassicurò. Giacomo non si ritrovava solo in quella nuova classe: aveva me. Avremmo studiato insieme, lo avrei aiutato io a superare le difficoltà di ambientamento. Insieme avremmo passato l'esame di terza media e l'anno successivo ci avrebbero iscritto allo stesso liceo.

In quei tre mesi di scuola ebbi un assaggio di ciò che mi aspettava per gli anni a venire, secondo quanto messo a punto da mio padre. Io e Giacomo Costantini sempre insieme, lui però libero di spogliarsi e vestirsi, di andare alle partite dell'Inter o di trascorrere la domenica a suo piacimento, io inchiodato ai ritmi di allenamento settimanali con mio padre. Mi rimaneva una sola cosa da fare.

Grazie a una sfilza di fenomenali errori nello scritto di italiano e a una spettacolare scena muta all'orale di scienze riuscii a farmi bocciare all'esame. Giacomo Costantini invece passò con distinto e l'anno successivo fu iscritto, lui solo, al liceo, mentre io ripetevo la terza media con grande soddisfazione. A mio padre restava la platonica vittoria del vicinato, una vittoria che gli si rivoltò subito contro quando dal portone di casa Costantini cominciarono a entrare e uscire amici di Giacomo che non erano me, compagni di studio e di tifo interista. Il suo progetto di amicizia tra me e Giacomo Costantini sfumava per sempre, e lui se ne rendeva conto. Non tentò neppure di farmi recuperare l'anno perduto, capì che era inutile, e non vantò più le grandi qualità di Giacomo Costantini perché io ne prendessi esempio. Cominciò piuttosto a farne il pretesto per vessarmi quotidianamente, così che ne fossi geloso e lo odiassi.

Curiosamente, i quindici anni seguiti alla mia bocciatura in terza media li ricordo come un tutt'uno, una lunga apnea. Le cose andarono come dovevano andare, come quando due giocatori di scacchi cominciano a mangiarsi i pezzi uno dopo l'altro e solo alla fine si sa chi ha vinto e chi ha perso. Giacomo Costantini divenne uno studente modello, orgoglio della sua famiglia, mentre io infangavo il buon nome della mia, dapprima tra i neofascisti di San Babila e in seguito nelle frange violente del tifo milanista. Lassù, nell'anello superiore dello stadio di San Siro, ho partecipato a tante cariche contro i tifosi di parte avversa, e nelle battaglie durante i derby avrei voluto che tra le nostre vittime ci fosse anche Giacomo Costantini, schiacciato contro una transenna o fatto ruzzolare giù dalle gradinate con la sciarpa nerazzurra attorno al collo. Ma non è mai capitato, perché Giacomo Costantini aveva già cominciato a vedere le partite nei distinti. I pattini li trasformai in uno strumento delinquenziale, veicolo di scorribande notturne – danneggiare distributori e negozi insieme ad altre anime perse divenne il nostro passatempo preferito. I giornali si sono occupati spesso di noi, a quel tempo, e *L'Espresso*, cui mio padre era abbonato, dedicò un intero servizio a questa nuova forma di teppismo metropolitano a rotelle. Subii due processi, il secondo dei quali da maggiorenne, che mi fece scontare due mesi di carcere – e quello stesso anno fui respinto all'esame di maturità. Il che, tuttavia, non bastò a evitarmi il brevetto di pilota d'aliante che fui costretto a prendere, a Rieti, all'età di vent'anni. Ma non fui il più giovane volovelista d'Italia a prendere quel brevetto, come mio padre aveva sempre sognato.

Diplomato con cinquantasei, Giacomo Costantini s'iscrisse alla facoltà di medicina. L'esperienza carceraria convinse anche me a continuare gli studi, per diventare, un giorno, avvocato, e difendere nei processi i delinquenti, gli spostati, i teppisti e i ribelli d'ogni genere. Ma non avevo denaro, né amici, né una donna, e così dovevo rimanere nella mia camera rivestita di cartelli metallici, ancora sottoposto, ma lì soltanto, all'autorità di mio padre.

Per la prima volta, in quel periodo, mi accorsi di avere anche una madre. Cercai dapprincipio di scoprire in lei un'alleata ma mia madre viveva ormai in una specie di limbo, spietatamente equidistante da noi che lottavamo sotto i suoi occhi. La malattia, quel suo modo di ingrassare e dimagrire a fisarmonica, era la sua ribellione, la sua personale vendetta, e al tempo stesso l'isola astratta in cui si era rifugiata per risparmiarsi lo spettacolo della battaglia tra me e mio padre. Da lei non ho mai avuto comprensione, né conforto.

Giacomo Costantini si fidanzò, così venni a sapere da mio padre. Io, durante un viaggio clandestino negli Stati Uniti, sposai una prostituta pagandola trecento dollari, per la soddisfazione di mostrare a mio padre l'atto di matrimonio firmato da un giudice di pace di Albany. Assieme all'atto di matrimonio esibii anche il foglio di via con cui ero stato espulso dagli Stati Uniti e rimpatriato a spese della Repubblica Italiana.

Giacomo Costantini si laureò, poi si specializzò. Anch'io mi laureai, quando lui già lavorava in ospedale alla corte di un famoso primario e la gente parlava del suo imminente matrimonio. Io finalmente potevo buttarmi anima e corpo nel lavoro. Pagato poco o niente, effettuavo solo le difese d'ufficio di ladri, stupratori, disturbatori della quiete pubblica, neofascisti e spacciatori di droga. Tutta delinquenza minore, marginale, mentre i casi più clamorosi venivano affidati a penalisti ben più conosciuti di me, desiderosi di pubblicità sulla stampa. Ma a me andava bene così, il mio scopo non era di fare carriera, bensì di sprofondare nel destino che mi ero scelto, là dove nessuno avrebbe mai più potuto dominarmi.

Mio padre resistette bene a tutto ciò, non pareva vacillare. Le sue regole di vita rimasero immutate, e ancora molte volte riuscì a trascinarmi sugli alianti. Andò in pensione, lasciò la fabbrica di profilati metallici ma continuò, come consulente privato, a occuparsi di licenziamenti e di battaglie contro i lavoratori di tutta l'Italia del nord. E, naturalmente, continuò a vessarmi con l'esempio di Giacomo Costantini, nostro vicino di casa e modello di rettitudine. Ma anch'io tenevo duro, fiducioso che qualcosa presto o tardi sarebbe sopraggiunto a decretare definitivamente un vincitore e un vinto.

Così fu, non mi sbagliavo – e successe d'improvviso.

Una domenica sera, dopo cena, Giacomo Costantini si presentò da noi, preoccupato perché i suoi genitori non erano ancora tornati da una gita al lago. Da casa nostra telefonò agli ospedali, alla polizia stradale, senza risultato. Poi, accompagnato da mio padre, andò dai carabinieri per denunciare la scomparsa. Quando mio padre tornò, a notte fonda, ancora non si avevano notizie.

Il giorno dopo avevo un'udienza in tribunale e rincasai piuttosto tardi, il pomeriggio. Trovai la mamma immobile su una sedia con un'espressione stupita, quasi dolce. "È successa una tragedia", disse. Ivan Costantini e sua moglie erano stati trovati nella loro automobile, vicino a una discarica, assassinati a colpi di fucile.

Fu celebrato il funerale nella cappella della fabbrica di profilati dove Ivan Costantini lavorava ancora. Mani pietose avevano cercato di coprire con la vernice la scritta COSTANTINI BOIA su un muro, finendo per farla risaltare ancora di più. Formavano una gran fila commossa tutti i dipendenti della fabbrica, i padroni, i parenti e gli amici. Mio padre pronunciò un lungo elogio funebre rivolto alle bare coperte di fiori, dando del tu ai defunti, come se anche loro lo stessero ascoltando. Parlò delle qualità morali di quella famiglia umile, religiosa e pacifica, ora distrutta dal gesto di belve umane. Annunciò il castigo di Dio per i responsabili, e consolò i defunti riguardo alla sopravvivenza delle loro virtù nella persona del loro figlio Giacomo che da quel momento, in un giuramento solenne davanti al Signore, diventava figlio suo.

Il giorno dopo, Giacomo Costantini si costituì confessando di avere ucciso il padre e la madre. Fornì dettagliati ragguagli che non lasciarono dubbi sulla sua responsabilità, e pilotò gli investigatori nel luogo in cui aveva nascosto l'arma del delitto.

Apprendemmo la notizia il mattino successivo, sul giornale. Fui io a leggerla per primo mentre facevamo colazione, e lì per lì non dissi nulla. Lasciai che mio padre si dichiarasse preoccupato per il fatto che nemmeno Giacomo quella notte era tornato a casa, e poi si rassicurasse per conto suo congetturando che si fosse fermato a dormire dalla fidanzata o dagli zii – i tifosi interisti. Allora, a voce alta, senza nemmeno guardare mio padre, cominciai a leggere il resoconto della confessione di Giacomo. Aveva ucciso i genitori perché non si era mai laureato in medicina, né specializzato, né tantomeno lavorava in ospedale. Non era nemmeno fidanzato e certo non in procinto di sposarsi. Aveva cominciato a mentire dopo essere stato respinto per la quarta volta di fila all'esame di Anatomia Patologica, per non far soffrire i genitori. Poi aveva continuato a mentire, incapace di confessare che aveva abbandonato gli studi, ma quando il padre gli aveva chiesto del denaro per estinguere un vecchio mutuo, lo aveva ucciso, insieme alla madre. Li aveva addormentati con un sonnifero iniettato nello yogurt, li aveva trasportati fino alla discarica e lì li aveva ammazzati col fucile da caccia del padre. Gli inquirenti già sospettavano di lui in seguito agli esiti dell'autopsia, ma sulla cosa era stato tenuto il più stretto riserbo.

Mi precipitai quella mattina stessa nel carcere dove era rinchiuso e, in quanto avvocato, ottenni il permesso di vederlo. Era un po' pallido ma sereno, aveva un'aria mansueta e nei suoi occhi non vidi alcuna vergogna, come quando girava nudo davanti a me. "Mi sono tolto un peso dalla coscienza", disse, "non immagini che peso mi sono tolto." Lo guardai, in silenzio, cercando di dissimulare lo scoppio violento di felicità che mi scuoteva fin nelle ossa. Era un momento solenne, meraviglioso, nel quale svaniva di colpo la sofferenza che fin lì aveva accompagnato ogni singolo istante della mia esistenza, sostituita dalla calda consapevolezza di avere, alla fine, dopo tante battaglie perse, vinto la mia guerra. Quanto dolore mi sarei risparmiato, se avessi saputo che sarebbe finita così: eccolo lì, Giacomo Costantini, il figlio-modello, lo studente-modello, il tifoso-modello, l'arma con la quale mio padre aveva per anni cercato di annientarmi – e ora, all'improvviso, il mostro feroce e indifendibile per il quale nessuno era disposto a provare la minima pietà. I suoi zii e i suoi cugini lo avevano pubblicamente ripudiato, non aveva nessun altro al mondo all'infuori di me. Di colpo, nel tripudio interiore che mi stordiva, mi sentii in debito con lui: aveva fatto ciò che io non avevo avuto il coraggio di fare, si era immolato – e in quel modo aveva scritto la parola fine alla mia agonia. Lo avrei difeso io, gli dissi, gratis; poiché lo conoscevo da tanti anni lo avrei presentato al mondo per quello che era veramente, e il frutto del mio lavoro sarebbe stata proprio la conquista di quella pietà che nessuno sembrava disposto a riservargli – ma che proprio per questo poteva salvarlo. La sua vita non era finita, gli assicurai, per quanto miserabili potevano sembrargli gli anni che aveva davanti io sarei riuscito a trasformarli in un futuro. Del resto, gli dissi, c'era qualcosa di eroico nell'abominio che aveva compiuto, qualcosa che ognuno, nel corso della propria triste epopea di figlio, anche solo per un attimo concepiva come l'unica maniera di venire al mondo veramente: l'amore, la carità, il buon senso o anche solo la codardia impedivano poi a quasi tutti di seguirlo, ma l'istinto di uccidere i propri genitori era nel nostro destino dai tempi di Edipo, così come quello dei genitori, dai tempi di Medea, di sopprimere i propri figli. La consanguineità era una guerra, gli dissi, della quale gli promisi che avrei portato la giuria a riconoscere in lui una vittima. Giacomo Costantini mi ascoltò senza dire una parola, e quando il tempo della visita finì mi ringraziò, mi disse che lo avevo molto confortato e mi abbracciò con un calore che non mi aveva mai riservato prima. Mi chiese di ritornare presto. Glielo promisi, e me ne andai.

Mi tuffai subito nel suo caso, esplorando le vie migliori per la difesa. Ottenere la semi-infermità mentale, in un delitto del genere, è quasi automatico, quella totale dipendeva soprattutto dalla sua collaborazione. In quattro giorni filati di studio e consultazione scovai una quantità di attenuanti, di eccezioni e di precedenti che promettevano buoni risultati. Nel frattempo mio padre mi evitava e io del resto non mi industriavo per incrociarlo dentro casa; al mio trionfo non avrebbe aggiunto nulla assistere allo spettacolo della sua disfatta – anzi, quella sua improvvisa invisibilità, lui che era sempre stato così onnipresente e pervasivo, rappresentava essa stessa il mio trionfo.

Dunque, quattro giorni dopo tornai a far visita a Giacomo in carcere e lo trovai ancora meglio, addirittura allegro. Gli dissi che se fosse riuscito a mantenersi così fino alla perizia psichiatrica l'infermità totale era alla nostra portata. Del resto, io sapevo che era pazzo, l'avevo sempre saputo, e proprio quello, la confessione pubblica e il riconoscimento oggettivo della sua insania, avrebbe per me rappresentato il riscatto di tutti gli anni spesi a lottare per tenermi distante da lui. Gli esposi la linea che avevo studiato, nei minimi dettagli. Ogni tanto mi pareva di vederlo distratto e gli domandavo "Mi segui?", e lui rispondeva "Sì, ti seguo". Mi lasciò finire, lasciò che dicessi tutto. Poi mi ringraziò, mi guardò con quel suo sguardo da irresponsabile e mi disse che aveva già un avvocato. Ne pronunciò il nome ed era un avvocato importante, un appassionato di volo a vela amico di mio padre. Subito dopo di me, mi raccontò, mio padre era andato a trovarlo insieme a questo famoso penalista amico suo, e gli aveva offerto il suo aiuto. Solo, gli aveva chiesto se era pentito e lui aveva risposto di sì, che era pentito. Poi gli aveva chiesto se in carcere, durante la pena, sarebbe stato disposto a riprendere gli studi e a laurearsi in medicina, e Giacomo gli aveva risposto che era la sua unica ragione di vita. Poi aveva parlato l'avvocato e gli aveva detto tutto quello che doveva fare, comprese le risposte da dare agli interrogatori. Giacomo si scusò, mi ringraziò ancora e mi disse, forse per consolarmi, che la difesa studiata da me era uguale precisa a quella decisa dall'avvocato famoso. Poi ci stringemmo la mano, e una guardia lo riportò in cella.

Quando uscii dal carcere il cielo si era fatto cupo, si preparava un temporale. Lo scirocco scuoteva i rami degli alberi e faceva cadere le foglie di traverso, da una parte all'altra dei viali. Passando per un giardino mi fermai a osservare un immenso stormo di uccelli che si sistemava tutto intero su un unico ippocastano. Il cinguettio era impressionante, dava l'idea di una forza invincibile. Un uomo e un bambino si fermarono, anche loro attratti da quello spettacolo. Il bambino sgranocchiava pistacchi. "Che uccelli sono?", domandò. "Cosa vuoi che siano?", disse l'uomo, "Sono passerotti. Non buttare quei gusci per terra."

Erano storni.

AVEVA PERSO IL BIGLIETTO, lo aveva ritrovato all'ultimo momento, poi però se lo era scordato in albergo ed era dovuto tornare indietro a recuperarlo e alla fine aveva perso l'aereo. Il suo capo, Italo, prima di abbandonarlo gli aveva ringhiato che si arrangiasse (c'era un gran vento fuori dall'aeroporto di San Diego, Guido non capì bene: "Stronzo"?). E così, al check-in della compagnia, con sacca e biglietto in mano, ci si era ritrovato solo quando il biglietto ormai non era più buono. Arrangiarsi: in fondo era l'unica cosa che Guido sapeva fare. E, dopo una calda manovra di arruffianamento dell'impiegata, il suo biglietto scaduto era ridivenuto valido. Con un magico – e gratuito – colpo di timbro blu, la nera mano affusolata della ragazza gli aveva elargito un posto sull'ultimo volo serale per San Francisco, praticamente salvandogli la vita senza nemmeno saperlo. Non fosse riuscito a trovarsi, l'indomani mattina, a disposizione di Italo nella hall dell'albergo, Guido avrebbe perduto anche quel lavoro, e sarebbe conseguentemente ripiombato alla moviola, a smembrare film porno per confezionare compilation di sesso anale.

Quando salì a bordo, il lusso lo sorprese: non si trattava di un aereo qualsiasi, ma di un airbus speciale, pieno di avvocati e avvocatesse che ticchettavano sui tasti dei computer portatili; c'erano due fax a disposizione dei viaggiatori, uno in cima e uno in fondo alla carlinga; e per ogni terna di sedili, un telefono. Guido sedette e osservò il telefono applicato allo schienale della poltrona davanti alla sua. Sembrava funzionare con le carte di credito. Guido non ne aveva, non ne aveva mai sentito neanche lontanamente il bisogno, ma in quel momento, a diecimila chilometri da casa, perduto in quella facoltosa comitiva, trafitto adesso dal pensiero delle grandi occasioni che non era nemmeno riuscito a sprecare perché a lui non si erano mai presentate, rimpianse di non poter usare quel telefono. A Cagliari erano le quattro di notte, calcolò; e immaginò Livia addormentata nel letto, nel silenzio dei vicoli dove avevano preso casa insieme, avvolta in un bozzolo di calore del quale gli parve di sentire la mancanza come mai prima di allora. Almeno lei c'era, pensò: lontana ma c'era, e sarebbe stato bellissimo sentire la sua voce. Si consolò pensando che forse quei telefoni non funzionavano, o che non funzionavano durante il volo, o che comunque non avrebbero potuto funzionare per una chiamata intercontinentale. Se gli avessero detto che stavano lì per bellezza si sarebbe subito convinto.

Se ne era quasi fatto una ragione quando lo yuppie accanto a lui infilò la carta di credito nel telefono e chiamò qualcuno. Una donna, immaginò Guido studiando l'espressione dell'uomo mentre parlava – anzi, una ragazza: molto diversa da Livia, certo, ma di certo amata quanto lei e altrettanto necessaria ai su e giù lavorativi di quel cicisbeo quanto lo era Livia al suo trasportare cavalletti appresso a Italo. Senza di lei, immaginò, quell'uomo avrebbe trascorso notti terribili nel suo appartamento di lusso, al mattino non sarebbe riuscito a lavorare, il suo capo lo avrebbe umiliato davanti a tutti e in poco tempo la sua vita se ne sarebbe andata in pezzi. Ecco perché le telefonava, pensò Guido: perché l'amava.

La telefonata durò parecchio: fino a quando l'aereo cominciò a sorvolare la fantasmagorica luminaria di Los Angeles. Sul display Guido vide apparire l'importo pagato per la chiamata, trentasei dollari e trentacinque cents, e con un balzo d'istinto, nel momento stesso in cui l'idea gli balenava in mente, si rivolse al suo vicino: potrebbe, per cortesia, farmi fare una telefonata con la sua carta di credito, se poi io le pago l'importo in contanti? Lo yuppie lo squadrò, e, nel lungo momento in cui quegli occhi lo fissarono, Guido pensò intensamente a Livia affinché la ragione della sua richiesta trasparisse senza che dovesse spiegarla. È la stessa cosa che capita a te, pensò: amiamo una donna, ne sentiamo la mancanza, siamo uguali.

L'uomo gli disse di sì. Non solo, ma compì lui tutte le operazioni necessarie a far entrare in funzione il telefono: si fece dare il numero, lo compose e con un sorriso gli passò l'apparecchio quando stava già cominciando a squillare, come avrebbe fatto un portiere d'albergo. Solo in quel momento Guido si accorse davvero di che cosa straordinaria stava per accadere grazie a quel progresso contro il quale, votando verde per tre elezioni di fila, aveva creduto di combattere. Lui era nei cieli della California e al suo orecchio giungevano, nitidissimi, gli squilli che il telefono di casa sua, nel sottano ammuffito del quartiere Castello di Cagliari, stavano svegliando Livia. Uno, due, tre – aveva il sonno pesante, Livia – d'improvviso l'emozione gli esplodeva nel petto...

Quando Livia rispose, l'emozione straripò di colpo: Livia, sono io, sto volando, è fantastico, ti amo, sto volando e sotto di me c'è un mare di luci meravigliose, e ti amo, e volo, e ti voglio sposare... Non si rese conto, Guido, della stranezza di quelle parole mai pronunciate prima e ora quasi gridate a una ragazza svegliata nel cuore della notte. La reazione di lei dapprima lo deluse – mugolava e sbadigliava – ma poi lo frustrò, quando si accorse che Livia non lo prendeva sul serio: Che ti sei fatto, Guido...? dai, piantala, ho sonno... Lui insistette, giurò, ripeté di star volando e di amarla, ma Livia sembrò spazientirsi, e quel momento di grazia si consumò senza che nemmeno si fosse svegliata del tutto. Dopo che Livia ebbe riattaccato, Guido rimase per un certo tempo in silenzio, stupito, incapace di concepire un rimedio per un malinteso del genere. Eccola, l'occasione perduta: e ora lo assaliva un'angoscia mai conosciuta prima, e qualcosa di molto nitido, dentro di lui, gli diceva che ora non c'era più nemmeno Livia. Poi notò che lo yuppie lo guardava divertito, e cercò di darsi un contegno: controllò sul display l'importo della telefonata – tredici dollari e settantacinque – e fece per pagare; ma l'uomo, sorridendo, gli disse che non c'era bisogno. All'aeroporto di San Francisco, più tardi, l'uomo lo salutò cordialmente, poco prima d'essere inghiottito dall'abbraccio di una ragazza bionda. La stessa della telefonata, di sicuro.

Tornato a Cagliari, una settimana dopo, Guido constatò che Livia se n'era andata. Aveva provato a richiamarla ogni giorno, da San Francisco, anche di notte, senza trovarla mai, e a casa trovò un biglietto, in cui pochi rimpianti giravano attorno alla parola addio. Non una traccia di Livia era rimasta, né lì né altrove, e cominciarono a passare nuovi giorni, per lui, in un vuoto che gli parve inaudito per come gli si era spalancato davanti all'improvviso. Il suo tempo s'indurì in un unico blocco insostenibile, e lui ne venne travolto. Si chiuse in casa e non volle più vedere nessuno, né partecipare alla vita del suo quartiere pieno di storia, dove in passato vivevano marchesi e viceré e adesso solo famiglie poverissime e giovani squattrinati come lui, sulle cui spalle lo sfarzo e la gloria dei secoli si sbriciolavano insieme alla pietra e al marmo, giorno per giorno, letteralmente, facendone il posto ideale per lasciarsi andare, per morire d'amore... Ricominciò a drogarsi, dopo tutta la fatica che aveva fatto per smettere. Non cercò nemmeno di rimediare un lavoro e anzi, quando Italo lo chiamò per offrirgliene uno in Turchia, disse che era molto occupato. E in effetti era vero: Guido era occupato a soffrire, perché Livia se n'era andata senza dirgli una parola, e insieme a lei se n'era andata la speranza di tenersi a galla in quella sua vita miserabile.

Eppure, d'un tratto, così come se n'era andata, dopo tre mesi Livia ritornò; lo abbracciò e si mise a piangere sulla sua spalla; gli disse che aveva commesso un grandissimo sbaglio e chiese perdono. Gli raccontò cosa era successo. Mentre lui era in America, aveva conosciuto un ragazzo inglese. Violoncellista, interpretava la linea di basso continuo in un ensemble che aveva tenuto una serie di concerti di musica barocca nelle città della Sardegna. Faceva un po' di vacanza a Cagliari prima di tornarsene in Inghilterra. Non riusciva più nemmeno a capire, adesso, Livia, come fosse potuto accadere, ma le era parso di essersene innamorata e aveva deciso di andare via con lui, a Londra: l'aveva deciso e l'aveva fatto. Però, continuò Livia, piangendo, non era stata felice neanche un giorno, neanche un minuto; anzi, era già pentita la mattina stessa in cui se n'era andata: perché aveva fatto un sogno, proprio quella notte, proprio la notte prima di partire, strano e dolcissimo, in cui lui, Guido, le telefonava dicendo di essere in cielo, di stare volando sopra un mare di luci e di amarla. Un sogno bellissimo, in cui Guido le appariva come non le era apparso mai, sereno, entusiasta e raggiante d'amore per lei. La mattina, mentre metteva le ultime cose nella valigia, con l'inglese che l'aspettava nel taxi, in fondo al vicolo, per andare all'aeroporto, quel sogno le rimbalzava ancora nella testa – e anche dopo, a Londra, non l'aveva abbandonata più, così che per tutto il tempo non aveva fatto altro che cercare il coraggio di tornare indietro. Alla fine l'aveva trovato, e adesso era lì a chiedergli se la voleva ancora. Guido le disse di sì, e fecero l'amore. Poi, fumando distesa sul letto, prima che Guido trovasse il modo per dirle che quella telefonata l'aveva ricevuta per davvero, Livia tornò a parlare del suo sogno, di come era vivido e le avesse cambiato la vita. Una telefonata dal cielo, ripeté, e glielo raccontò di nuovo.

SORELLA

AVEVO UN MARITO E UN AMANTE. Mario, il mio amante, possedeva un lanificio e Andrea, mio marito, era il suo avvocato. Erano amici d'infanzia, e li avevo conosciuti insieme, all'epoca dei miei esami di maturità. Come fosse stato possibile non so dirlo, ma da allora ero rimasta sempre divisa tra loro due, e sempre allo stesso modo – con Andrea alla luce del sole e con Mario di nascosto. Ero stata capace di sposare Andrea, un sabato, in chiesa, con Mario testimone dello sposo, e poi di sedere in prima fila, tra gli invitati, un altro sabato quando Mario si era sposato con una sua dipendente. Nulla di tutto questo mi pareva squallido o insostenibile, pensavo semplicemente che quella fosse la mia vita, e la vivevo.

Con Andrea, da sposati, eravamo andati ad abitare in un complesso edificato da una cooperativa e originariamente destinato ai poveri: poi, invece, gli appartamenti sono stati tutti comprati da gente come noi, avvocati, rappresentanti di commercio, perfino qualche magistrato, non saprei dire se ci sia stato o no qualcosa d'illegale. Vivevamo in quell'appartamento, io e mio marito, tranquillamente, direi agiatamente, con tutti i vantaggi offerti da una piccola città come la nostra e, ancora per un po', senza intenzione di avere figli. La mattina ci alzavamo presto, facevamo colazione leggendo i giornali, prendevamo accordi sulla giornata, poi lui se ne andava al suo studio, o in tribunale, e io a tradirlo con Mario. Non tutti i giorni, certo: ma se non riuscivamo a incontrarci, ci telefonavamo, parlavamo a lungo e finivamo giurando di amarci, sempre.

Quella mattina, ad esempio, non avremmo dovuto vederci: lui aveva certi impegni di lavoro, scadenze di consegna, grane con le banche, e io avevo messo in programma una grande spesa al supermercato. Insieme a mio marito facevo colazione, riposata, tranquilla, leggendo *la Repubblica*. Lui invece, come al solito, leggeva la cronaca locale su *La Nazione*, e io mi sentivo stranamente sollevata all'idea che quel giorno non lo avrei tradito. Mi faceva tenerezza, ecco, così assorto nella lettura dei fatti cittadini di cui conosceva ogni minimo retroscena, e che ricorrevano poi nelle conversazioni con i suoi amici, al Tennis Club, o al ristorante, la sera, se uscivamo. Sì, stavo provando tenerezza per lui, quella mattina, quando mi parlò.

– Delfa Parigi – disse, alzando gli occhi dal giornale – Non è quella donna che veniva a lavorare qui?

– Sì – risposi – Perché?

– Quella che lavorava dai tuoi quando ci siamo conosciuti? È lei? Delfa Parigi?

– Sì, la Delfa. Perché?

– È morta – disse Andrea. In quel momento squillò il telefono. Io ero ammutolita, e Andrea si alzò senza dir nulla, abbastanza imbarazzato: mi mise il giornale sotto gli occhi e andò nella stanza accanto a rispondere.

C'era la fotografia della Delfa in testa a un articolo, forse tratta dalla carta d'identità: all'incirca del periodo in cui veniva a servizio dai miei genitori e io ero una ragazzina. L'articolo era lapidario: travolta da un'auto la notte prima, su uno stradone periferico, era morta sull'ambulanza che la stava portando all'ospedale. La macchina che l'aveva investita era fuggita, ma la polizia aveva concrete speranze di rintracciarla al più presto – e da lì risalire al guidatore. Fine.

Erano parecchi anni che non la vedevo, la Delfa, e non sapevo più nulla della sua vita disgraziata, ma capitava ancora spesso che la sognassi, perduta nelle sue sventure così come l'avevo conosciuta. In realtà, credo che la Delfa abbia rappresentato la prima cognizione del dolore nella mia vita, qualcosa come la scoperta dell'effettiva brutalità del mondo. Molte volte veniva al lavoro, la mattina, tutta pesta di botte, era suo marito a picchiarla. Poi il marito si era ammalato, una malattia orribile, demenza precoce, e lei aveva smesso di lavorare per assisterlo giorno e notte finché, dopo anni, era morto. Non tornò più a lavorare dai miei, il suo posto era stato preso da un'altra donna, ma veniva ugualmente a farci visita, e qualche volta aveva di nuovo dei lividi addosso: stavolta era il figlio, tossicodipendente, che la maltrattava per avere i soldi. Mio padre s'interessò per trovare una comunità dove potessero disintossicarlo, ma ne trovò soltanto a pagamento e la Delfa si rimise a lavorare per pagare la terapia al figlio. Appena sposata l'avevo presa a casa mia, pagandola più di quanto venisse pagata qualunque donna di servizio, ma seppi che quando usciva, verso le tre del pomeriggio, andava a lavorare in un'altra casa, a molto meno, per guadagnare altri soldi. Finché saltò fuori che il figlio, dimesso dalla comunità, aveva ricominciato a drogarsi, e che lei questa volta aveva mollato, e si sbatteva per dargli tutti i soldi che lui le chiedeva, poiché si vergognava di domandare di nuovo aiuto dopo quel fallimento. Finì che anche suo figlio morì, di overdose, giù per una scarpata, e la Delfa smise definitivamente di venire a trovarci, sia me sia i miei genitori. Sparì, e nonostante l'affetto che le portavo non mi ero mai messa a cercarla. Sparita lei, del resto, il mondo che riguardava me era tornato a essere assolutamente tranquillo, privo di tragedie e di violenza, privo di lacrime. Ora me la ritrovavo sul giornale, schiacciata da una macchina che non si era neanche fermata e della quale un unico testimone, un falegname, aveva dato questa scarna descrizione alla polizia: una Volkswagen Golf di colore bianco, i cui primi tre numeri di targa erano AB 9 – il falegname non era riuscito a memorizzarli tutti. L'articolo non poteva dirlo, ma era chiaro che andarla a trovare anche solo una volta, in quegli ultimi anni, o anche solo invitarla a pranzo o a prendere un tè, sarebbe stato sufficiente per farla essere qualche decina di centimetri più in là di dove era sfrecciata quell'auto.

D'un tratto mio marito tornò in cucina, con un'aria strana, stupita.

– È incredibile – disse, senza nemmeno accorgersi che stavo piangendo.

Rimase un poco in silenzio, sempre stupito.

– Al telefono – riprese – era la moglie di un tale che ho

difeso di recente. Mi ha detto che il loro figlio stanotte non è tornato a casa, che avevano litigato, non so, e che hanno paura, dalla descrizione della macchina, che sia stato lui a uccidere quella donna...

Parlò come in trance, rapito da quella coincidenza, continuando a ripetere "È incredibile", e io potei smettere di piangere senza che si accorgesse di nulla. Non immaginava, lui, del resto, che la morte della Delfa potesse sconvolgermi in quel modo. Non sapeva quanto fossi attaccata a quella donna, non sapeva che ancora la sognavo di notte: come di molte altre cose, ne avevo sempre parlato con Mario e mai con lui. Andrea era semplicemente scosso dalla coincidenza.

– E perché hanno telefonato a te? – gli chiesi, con un filo di voce.

– Volevano sapere come regolarsi perché, be', loro sono convinti che il responsabile sia il loro ragazzo.

– E tu?

– Gli ho detto di andare alla Polizia e ripetergli quello che hanno detto a me. Ma che potrebbero anche sbagliarsi. Chissà quante Golf bianche ci sono targate in quel modo...

– Quanti anni ha il ragazzo?

– Ventuno. E proprio ieri sera avevano litigato per non so che cosa, una ragazza...

Curiosamente, quella seconda tragedia a me così estranea mi alleggerì un poco, se così posso dire, del peso causato dalla morte della Delfa. Invece di sommarcisi, ecco, è come se vi si fosse sottratta, e io potei accompagnare mio marito alla porta, baciarlo e dargli appuntamento per la sera senza scoppiare a piangere di nuovo. Ma appena fui rimasta sola corsi al telefono e chiamai mia madre, senza ricordare, lì per lì, che lei e il babbo erano a Ischia a fare le cure dei fanghi. Mi venne in mente d'improvviso mentre il telefonino diceva che l'utente era irraggiungibile: erano a Ischia per tutta la settimana, e accendevano il telefonino solo la sera.

Dell'albergo dov'erano andati non trovai il numero (dovevo averlo, da qualche parte, ma non saltò fuori); di mio fratello ormai era impossibile avere un recapito, da quando aveva vinto il concorso per steward di bordo sui voli intercontinentali; eppure io dovevo parlare della Delfa con qualcuno, qualcuno che l'avesse conosciuta e che sapesse quanto le volevo bene. Qualcuno che si sentisse colpito dal lutto com'era capitato a me, o che perlomeno lo capisse. Non c'era che Mario, a quel punto. Provai a chiamarlo in fabbrica, ma non era ancora arrivato. Allora chiamai il numero del suo telefono cellulare, sebbene fossimo d'accordo che dovevo farlo solo in casi d'emergenza (proprio una volta in cui gli avevo parlato dei lividi con cui veniva a lavorare la Delfa mi aveva detto, scherzando: "Ecco, se Andrea un giorno scopre tutto, e ti picchia, e tenta di strozzarti, e tu riesci a chiuderti in camera e lui comincia a sfondare la porta con un'accetta, in quel caso *chiama*"): ma il cellulare era staccato. Pensai anche di chiamarlo a casa, dove probabilmente avrebbe risposto sua moglie, che mi conosceva, o suo figlio Vittorio che a tre anni – Mario ne andava molto orgoglioso – già rispondeva al telefono, "resti in linea, prego...": ma poi decisi che sarei andata direttamente a trovarlo al lanificio.

Lasciai passare un'ora, durante la quale arrivò la filippina – avevamo una filippina, adesso, sorridente, pia, senza lividi – e mi raccontò di un suo parente, a Manila, che aveva vinto una grande somma alla lotteria. Poi presi la macchina e raggiunsi il lanificio di Mario.

Mario era in fabbrica, ma non in ufficio. Trovai il coraggio di chiedere alla sua segretaria di farlo chiamare con gli altoparlanti, e di restarmene seduta ad aspettarlo, come se nulla fosse, leggendo una rivista. Dopo qualche minuto Mario arrivò, e vedendomi s'irrigidì. Era seguito da un codazzo di persone, dipendenti, fornitori, e lo vidi precipitare nell'imbarazzo quando fu costretto a congedarli per rimanere solo con me. Aveva un viso stanco, tirato – doveva essere davvero una brutta mattinata, come del resto mi aveva annunciato. Appena chiusa la porta, tuttavia, cominciò a protestare in modo brusco, direi quasi violento, se non fosse che lo faceva sottovoce perché non lo sentissero da fuori e questo rendeva il suo sfogo molto buffo. Non mi lasciò neanche il tempo di dirgli la ragione della mia visita; ripeté affannosamente che ero una pazza a venirlo a trovare così, e che comunque quella era una mattinata tremenda, non aveva tempo, c'erano dei clienti che lo aspettavano, e perdipiù il magazziniere non era venuto a lavoro e non si trovava il duplicato di certe chiavi che aveva solo lui. Capii che dovevamo essere un bel po' esauriti, io per prendere così tragicamente la morte di una vecchia donna di servizio e lui per ridursi in quelle condizioni alle dieci di mattina. Ero di nuovo sul punto di scoppiare a piangere quando squillò il telefono sulla sua scrivania. Mario rispose, e mentre ascoltava nella cornetta lo vidi distintamente sbiancare in volto: lo vidi rimanere immobile, livido, a pronunciare a stento delle singole parole ("Sì", "No", "Come?", "Quando?", "Sì."), e lo vidi riagganciare lentamente la cornetta al telefono, con uno sguardo da ebete.

– Oh mio Dio... – sussurrò.

– Che succede?

– Un mio dipendente si è ammazzato – disse – Si è buttato sotto al treno...

Di nuovo qualche tragedia altrui si sovrapponeva a quella che sentivo il bisogno di piangere io, e di nuovo le toglieva importanza, consentendomi di resisterle. Mario era veramente scosso, molto più di me.

– Chi è? – gli domandai

– Un ragazzo... il magazziniere... Si è legato con la cintura dei pantaloni al binario e si è...

S'interruppe e rimase in silenzio, appoggiato con le mani alla scrivania, a respirare profondamente. Poi d'un tratto mi venne davanti e mi abbracciò.

– Perché l'ha fatto? Perché succedono queste cose?

Non so se abbia pianto, lui sulla mia spalla; ma riflessa sul vetro della finestra vidi l'esatto contrario della scena che mi aspettavo di vivere: Mario che si abbandonava tra le mie braccia, noncurante del fatto che qualcuno potesse entrare e vederci; e io che gli accarezzavo i capelli, il collo.

– Stamattina alle cinque... – sussurrava – Addosso aveva solo il tesserino della squadra di calcio della fabbrica, niente documenti, per questo la polizia ha telefonato qui. I suoi genitori non sanno ancora nulla, come faccio a dirglielo?

– Lascia che li avverta la polizia – dissi.

– Ormai ho accettato di farlo io. Li conosco bene,

sono brava gente, amici di mia moglie... Oh Dio...

Provai a insistere perché richiamasse la questura e dicesse ai poliziotti di avvertire loro la famiglia del ragazzo, ma Mario si ostinò a non farlo, sostenendo che era troppo complicato mentre invece era semplice. Pensai che in fondo Mario volesse esser lui ad avvertire i genitori, per qualcosa di simile a ciò che aveva spinto me a telefonare a mia madre, a pensare a mio fratello e poi a correre lì pur di avvertire qualcuno della morte della Delfa: cioè per sfogarsi. E se quel ragazzo significava qualcosa di più, per lui, di un semplice dipendente, e io non ne sapevo nulla, vuol dire che era una delle cose delle quali Mario parlava con sua moglie e non con me. Perciò lo lasciai andare a svolgere il suo compito senza dirgli più nulla e soprattutto senza nemmeno accennare – a quel punto come avrei potuto farlo? – alla ragione della mia visita.

Tornai a casa, ma già in macchina, durante il tragitto, il ricordo della Delfa e il bisogno di parlare un poco di lei avevano ripreso a farmi star male. Se non fosse assurdo, direi che sentivo la sua mancanza. Io non avevo ancora sofferto nemmeno un lutto, persino i miei nonni erano tutti ancora vivi, e pareva che il compito di tenere desta in me la consapevolezza che al mondo esistono le sciagure continuasse a essere svolto solo da quella povera donna: così come da viva mi aveva insegnato a soffrire per i vivi, da morta, ora, m'insegnava a piangere un morto. Pensai addirittura di telefonare ai miei nonni, nella speranza che qualcuno di loro si ricordasse di lei; ma non lo feci, e trascorsi il resto della mattinata seduta in poltrona, a pensare e a guardare il giardino condominiale. La filippina preparò da mangiare e se ne andò. Andrea aveva udienza fino a tardi e avrebbe pranzato fuori. Mi alzai dalla poltrona solo quando squillò il telefono, per rispondere.

– Mi scusi, c'è l'avvocato? – una voce debole di donna, rotta e come trattenuta.

– No. Non rientra a pranzo, oggi.

– Lei è la moglie? – sempre più rotta, la voce.

– Sì.

– Posso lasciare un messaggio per lui?

– Certo, dica pure a me.

Seguì un lungo silenzio, tanto che credetti fosse caduta la linea. Ma poi la voce, se possibile ancora più debole, riprese:

– Stamattina presto – sussurrò – gli avevo telefonato per una certa cosa ma...

Di nuovo silenzio. Poi, nel fruscio della linea disturbata, avvertii come dei singhiozzi, ma deboli anche quelli, deboli e trattenuti.

– ...volevo avvertirlo che non c'è più bisogno, ormai...

Infine il pianto straripò, e feci in tempo a udirne lo scoppio prima che la donna interrompesse la comunicazione. In quel momento tutto mi parve chiaro: definitivamente, ferocemente chiaro.

Avevo studiato medicina per tre anni, prima di abbandonare. Avevo fatto in tempo a dare l'esame di medicina legale, uno dei più facili. Ricordavo che i morti di morte violenta vengono tenuti in obitorio per qualche tempo, prima di essere restituiti alle famiglie. Raggiunsi in fretta l'ospedale, e poi seguì un bailamme di svolte, informazioni sbagliate e ritorni indietro – nemmeno un breve ricovero, o una piccola operazione, nella mia vita: perciò non ero pratica – prima che potessi trovare il reparto giusto, Anatomia Patologica. Proprio su quell'esame, per inciso, mi ero arresa all'Università.

La porta che dava accesso al reparto era socchiusa, la spinsi ed entrai. Nessuno mi disse nulla. Camminai spedita per un corridoio, incrociando qualche persona in camice che m'ignorò, poi cominciarono le porte. Ne aprii una, due, tre di fila, subito dopo richiudendole perché vedevo nella stanza apparecchi elettronici spenti o persone chine su un microscopio. Alle mie spalle partì uno "Scusi, signora!" che io ignorai, continuando ad avanzare e aprire e chiudere porte, finché trovai quello che cercavo: una fila di tavoli di marmo, tutti vuoti tranne gli ultimi due, sui quali erano stesi due corpi ricoperti da due lenzuoli bianchi.

– Signora! Non si può entrare lì! – la voce era maschile, bella, già molto più vicina.

Comparve un uomo che avrebbe potuto essere mio fratello: anzi, gli somigliava. Aveva il camice, gli occhiali con la montatura di metallo, i capelli ricci, gli avambracci pelosi e robusti.

– Signora... – disse, ma dopo che mi ebbe guardata il suo tono, inizialmente energico, si raddolcì di colpo.

– Signora, si sente male? – disse, cingendomi alla vita – si appoggi a me...

Fece per pilotarmi fuori, ma io m'irrigidii, e lui smise di fare forza e continuò semplicemente a sorreggermi. Cercai di sorridergli.

– Sotto quei lenzuoli – dissi – ci sono una donna e un ragazzo, vero?

L'uomo profumava di sapone.

– Signora, è meglio se viene con me. Lei si deve sdraiare...
– Puoi prendermi in braccio? – gli chiesi – Per favore...
L'uomo esitò un istante – non se l'aspettava –, poi respirò e mi prese in braccio senza fatica. Io gli cinsi il collo.
– Un ragazzo giovane morto sotto un treno e una donna anziana uccisa da una macchina – bisbigliai – Vero?
L'uomo mi trasportò fuori dall'obitorio, di nuovo nel corridoio, senza dir nulla. Mi sentivo leggera, un nulla, come non capitava da quando mio fratello mi prendeva in braccio, da bambina.
– Ed è stato il ragazzo a mettere sotto la donna, vero? Non l'ha soccorsa ma poi, per il rimorso, si è buttato sotto al treno. Vero? È andata così?
Mi portò in una stanza e mi distese delicatamente su un lettino.
– No – dissi – Ti prego. Tienimi in braccio ancora un po'...
Ricordo delle voci, forse erano sopraggiunte altre persone, non saprei dirlo con certezza: i miei sensi se ne stavano andando chissà dove, e io lottavo per non perderli completamente. Tutto ciò di cui sono certa è che l'uomo tornò a prendermi in braccio, e sembrava davvero mio fratello, che in quel momento volava nei cieli.
– Grazie – dissi – È così, vero? È come ho detto io?
– Sì, signora, ma lei adesso deve...
– Sai, questo è un lutto che mi riguarda molto da vicino – lo interruppi – Molto da vicino.
L'uomo mi guardò negli occhi, vicinissimo com'era. Pareva preoccupato, ma cercava di sorridere, e soprattut-

to continuava a tenermi in braccio, teneramente, come desideravo io.

– È una congiunta? – mi chiese.

– Sono la sorella – gli risposi.

– Oh Dio – trasalì – lei è la sorella del ragazzo?

Ora era certo, c'era qualcun altro nella stanza: ma non faceva differenza, stavo svenendo.

– Di tutti e due – feci in tempo a dire – E anche la tua.

La voce vecchia

Ho fretta. Mi sono svegliato tardi. Ho un appuntamento importante all'altro capo della città. Piove. Ci sarà l'ingorgo. Non farò in tempo. Mentre esco di corsa, col giubbotto infilato a metà e il portone di casa già aperto, squilla il telefono. Che faccio, rispondo? Mi sono trasferito in questa casa solo da due mesi, il nuovo numero non ce l'ha quasi nessuno: solo i miei figli, i miei genitori, Paola...

Rispondo.

– Pronto?

Silenzio. Anzi, no: un respiro, un respiro affannoso.

– Chi parla? – È una voce vecchia, di donna.

– Con chi vuole parlare?

Quasi un rantolo.

– Giuseppina. Vorrei parlare con Giuseppina.

– Non c'è nessuna Giuseppina, qui – dico – Ha sbagliato numero.

Silenzio. Respiro affannoso.

– Ma che numero ho fatto?

Dico il numero, lentamente, se non lo dicessi lentamente mi toccherebbe ripeterlo. E non ho tempo, devo andare.

– Allora non ho sbagliato – dice la voce.

– Le assicuro che qua non c'è nessuna Giuseppina.

Rantolo.

– Ma come è possibile?

Ripete il numero, ancor più lentamente di come l'ho scandito io. È il mio, non ha sbagliato.

– Questo è il numero di Giuseppina – aggiunge.

– Signora, non so che dirle. Questo numero è mio.

– Fino a Pasqua era il numero di Giuseppina. È da Pasqua che non ci sentiamo.

La voce si è fatta più fluida, ora, meno affaticata.

– Ecco – dico – allora è tutto chiaro. Io questo numero ce l'ho da due mesi. A Pasqua era di Giuseppina, ma ora è mio.

– Ma perché? – dice la voce.

– Perché cosa?

– Perché lei ha il numero di Giuseppina?

– Non ne ho idea, signora. Ho chiesto l'allaccio del telefono, e mi hanno dato questo numero.

– Sì, ma perché proprio questo? Non era *libero*, era il numero di Giuseppina.

D'un tratto, mi accorgo che stavo uscendo senza la cartellina con i documenti da portare all'appuntamento. Nella fretta, l'avevo lasciata sulla scrivania.

– Non le sembra strano? – insiste la voce vecchia.

L'avevo preparata per bene, e poi l'avevo lasciata lì.

– È strano – ripete la voce vecchia – È una cosa brutta.

– Brutta?

– Sì. È brutto che le abbiano dato proprio il numero di Giuseppina. Non le sembra?

Mi tolgo il giubbotto. Ho capito esattamente cosa intende la vecchia. È brutto, sì. E io non ero pronto per uscire. Mi ero dimenticato anche il telefonino, maledizione, che è ancora in cucina a caricare.

– Avrà cambiato casa – farfuglio – come ho fatto io.

Se la vecchia non mi avesse fermato, ora sarei in mezzo al traffico, senza il telefonino per avvertire del mio ritardo, e senza nemmeno la ragione per la quale, in ritardo, starei precipitandomi all'appuntamento.

– Chi, Giuseppina? – mi sembra che la voce vecchia rida – No, lei no. Ha sempre vissuto in quella casa da quando si è sposata, nel '49. Le ho detto tante volte di tornare a Pavia, dopo che è morto Arnaldo, ma lei ha sempre risposto che da quella casa non si sarebbe mossa fino al giorno della sua—

– Le avranno solo cambiato il numero – dico.

– Ma perché?

– Magari gli abbonati di una certa zona superano una certa quota, e per gestire il traffico telefonico la Telecom, zac, cambia il numero a tutti. Succede.

– Sì, ma magari ci mettono un otto davanti, o un quattro. Mica danno via il numero a un altro, no?

Non è sprovveduta, la vecchia.

– Sì che lo fanno. È successo anche a un amico mio. Gli hanno cambiato il numero così, da un giorno all'altro. Gliene hanno dato uno tutto diverso.

Non è vero, ma potrebbe essere vero.

– Mi dia retta, signora. Lei ora chiami il 1240, e si faccia dare il nuovo numero della sua... amica.

– Non è proprio una mia amica. Siamo state in collegio insieme, prima della guerra – di nuovo, mi pare che la voce rida – E ci siamo innamorate del prete, tutte e due. Don Guglielmo.

– Faccia come le dico, signora. Il 1240. D'accordo?
– E se non me lo danno?
– Vedrà che glielo danno.
– Ma se non me lo danno?
– Glielo danno.
– Lei dice?
– Sì. Stia tranquilla.
Ma è già tranquilla, in realtà. Agitato sono io.
– Allora faccio il 1240...
– Sì. E le danno il numero giusto.
– Grazie, allora.
– Di niente, signora.
Riattacco. Sono in ritardo, ma ora farò le cose con calma. È così che si deve fare: se hai fretta, siediti e rifletti. Arrivare tardi non è mai un guaio, i guai te li procuri se ti metti a correre senza pensare. Cadute. Incidenti d'auto. O anche solo presentarti a un appuntamento senza i documenti che ti dovevi portare dietro.

Prendo la cartellina sulla scrivania. Vado in cucina, stacco il telefonino dal caricatore, lo metto nel taschino. Torno nell'ingresso, mi rimetto il giubbotto. Infilo le mani in tasca e ci trovo le chiavi della macchina, ma non quelle di casa. Prendo le chiavi di casa, sulla mensola, e le metto in tasca. Non in quella dove ci sono le chiavi della macchina, nell'altra: così quando tirerò fuori le chiavi della macchina quelle di casa non potranno rimanerci attaccate, e cadere magari per terra mentre apro lo sportello, senza che me ne accorga. Respiro. Ora sono pronto per uscire. Ho la cartellina sottobraccio, il telefonino e tutte le chiavi che mi servono. Sono già in ritardo, e se va bene arriverò tra mezz'ora, ma che importa? Avvertirò, mi aspetteranno. Il tempo non manca, il tempo c'è sempre. Il tempo finisce una volta sola...

Squilla il telefono. Rispondo o non rispondo?

– Pronto?

– Non me l'hanno mica dato – dice la voce vecchia.

Quella volta lì...

– Dicono che non figura nessun abbonato con quel nome – insiste la voce vecchia. Non è più affaticata, ora, nemmeno un po'. È come se fosse ringiovanita.

– Pronto? – dice la voce – Mi sente?

– Sì.

– Ha sentito quello che ho detto? La mia amica Giuseppina non figura più tra gli abbonati di Roma.

Sono rimaste solo due cazzate da sparare: Giuseppina si è trasferita in un'altra città; Giuseppina ha chiesto l'utenza riservata, come i VIP. La voce vecchia le spazzerà via tutte e due in un baleno, e resterà solo la verità. Solo che per quello la voce vecchia è pronta, ma io no.

– Pronto? Mi sente?

Non adesso. Non qui. Io sono solo pronto per uscire.

– Pronto?

Riattacco ed esco. A metà delle scale sento un telefono che squilla a vuoto dentro a una casa: ma forse non è il mio, forse è quello di Gianfortuna, il mio vicino di pianerottolo, il medico delle ambulanze. Non è mai in casa, quello lì: sempre a salvar vite sulle strade. In questo momento ne starà sicuramente salvando una. Di un bambino, cazzo. Non ha il tempo, lui, di rispondere al telefono.

ALL'ETÀ DI UNDICI ANNI, MÈTE barattò un pallone di cuoio regolamentare, nuovo di zecca e completo di ago, con la carabina Flobert di un compagno di scuola. Ne tenne all'oscuro sua madre, ricorrendo alla menzogna (zingari, furto) per giustificare la sparizione del pallone, e nascondendo il fucile in un posto sicuro di cui disponeva da qualche tempo. Il giardino della sua casa, infatti, confinava con quello di una famiglia sgretolata dalla morte del figlio corridore d'automobili, seguita da un'impressionante catena di ulteriori tragedie cui era scampata soltanto la madre, di cui si diceva fosse pazza, e si aggirasse come un fantasma per il giardino ormai divenuto una giungla: l'ortica aveva preso il sopravvento sulle piante che un tempo lei curava, gli alberi erano rosi dai parassiti e i moscondori devastavano il roseto con il suo permesso. Quello era il nascondiglio dove Mète, che in segreto era diventato amico della pazza, custodiva la sua carabina.

Gli era stato sempre proibito di avvicinarla, perché parlava da sola e non si lavava mai, ma quando la donna lo aveva sorpreso dentro al giardino, durante una delle ispezioni che Mète, proprio perché vietate, aveva cominciato a compiervi, la verità si era dimostrata molto diversa. La pazza era una buona donna, non lo aveva scacciato né minacciato e lo aveva chiamato per nome con grande dolcezza; gli aveva raccontato di averlo visto piccolo dentro la culla e di avergli perfino salvato la vita, quando sua madre glielo aveva affidato per alcune ore, un pomeriggio, e lui stava per morire soffocato da mezzo biscotto Plasmon. Gli aveva anche mostrato il punto esatto dove era successo, un'aiuola ora sfigurata dalle erbacce sotto un alto cedro libanese da cui pendeva un'altalena marcita; e gli aveva rivelato di averlo sempre visto, negli ultimi tempi, scivolare furtivamente oltre il muro di cinta per venire a effettuare le sue perlustrazioni. Infine, a sorpresa, gli aveva regalato il giardino. "È tuo", gli aveva detto. "Le piante, le pietre, gli animali, l'ombra, tutto. Qualunque cosa ti impediranno di fare in tutti gli altri posti, potrai venire a farla qui."

Mète non aveva mai ricevuto un regalo così importante.

Da quel momento aveva imparato a disubbidire a sua madre con un certo metodo. Prima aveva sempre ostentato l'insubordinazione col disperato eroismo di chi non ha nulla da perdere, sopportando le punizioni e anzi quasi cercandole, poiché erano la prova che lui sapeva opporsi alla massa compatta di divieti che gli era stata allestita intorno. La sua disubbedienza, cioè, manteneva ancora il soffio della lealtà, della comunicazione: sua madre poneva le regole e lui, sotto i suoi occhi, le trasgrediva, accettandone le conseguenze. Ma da quando aveva ricevuto in dono quel giardino le cose erano cambiate, la sua preoccupazione era divenuta quella di non lasciarselo strappare, e Mète aveva scoperto l'utilità della menzogna. Quando usciva dopo aver fatto i compiti, diceva di andare nel campo di fronte casa, dove i suoi amici giocavano a pallone tutti i pomeriggi, e data la tenacia con cui Mète aveva lottato, in passato, per conquistarsi quel diritto, sua madre non sospettava minimamente che potesse andare altrove. D'altra parte Mète sapeva bene che lei, dalla finestra della cucina, riusciva a vedere nel campo solo un confuso brulicare di ragazzini, senza poter distinguere se lui fosse tra loro; quando poi si sentiva chiamare perché tornasse a casa, abbandonava in fretta il giardino e correva da lei, dandole l'impressione di una cieca ubbidienza. Né si sentiva in colpa, per questo, poiché nel suo giardino sapeva di non fare nulla di male, anche se sovvertiva il piano che era stato disegnato per la sua infanzia come una contorta gimcana tra mille proibizioni.

Quella di utilizzare armi era forse la più perentoria di tutte: né pistole a fulminanti né petardi, né archi e frecce e nemmeno fionde. Nessuna guerra poteva far parte dei giochi di Mète, e infatti non c'era un solo soldatino nel suo armadio. Perfino quando era stato sorpreso a tirar sassi contro un palo, tanto per cercare di colpirlo, era stato redarguito. Per questo, se non avesse posseduto quel bene inestimabile che era il suo giardino, Mète non avrebbe potuto azzardare il baratto pallone-carabina: sarebbe stato immediatamente scoperto, poiché in casa non esisteva nascondiglio dove sua madre non riuscisse a scovare gli oggetti proibiti. Invece nel suo giardino c'era una legnaia, con una remota provvista di rami ben accatastati rimasti ad ammuffire dal tempo in cui gli inverni della pazza si erano fatti improvvisamente irriscaldabili: in quella caldaia Mète conservava la carabina, sempre oliata e avvolta in un asciugamano perché non si arrugginisse.

Così poté trascorrere lunghi pomeriggi di caccia nella sua personale riserva, sparando a barattoli, tronchi e bottiglie, ma mai agli animali, come altri suoi compagni si vantavano di fare, poiché quella di amare le bestie era una delle poche regole stabilite da sua madre che Mète approvasse senza condizioni. Le bestie gli bastava scovarle, studiarle, giocarci un po', e ce n'erano veramente moltissime, nel suo giardino, di molti tipi e di molte specie: c'era una gran varietà di insetti terricoli, e gatti, ricci, rospi, formiche alate, lombrichi, lumache, topi, ramarri e serpentelli; sui rami degli alberi, lassù, inavvicinabili, volteggiavano ghiri e scoiattoli, insieme alla festosa sarabanda di uccelli sempre diversi, ed era un piacere stare a guardarli. La selvaticità del giardino, quella decadenza che lo rendeva così sinistro, era una benedizione della natura in confronto alla desertica pulizia del giardino di casa sua, sempre potato e ordinato. E Mète si perdeva in lunghe apnee pomeridiane, esercitando la mira contro gli oggetti inanimati che la sua fantasia trasformava in mostri orrendi o feroci invasori. Un fitto sipario di alberi malati attutiva il rumore dei colpi, e sua madre continuava a crederlo nel campo di calcio, mentre la pazza seguiva in silenzio le missioni, di tanto in tanto sparava con lui e a una cert'ora gli offriva un tè con i biscotti. Nella giungla di cui era stato proclamato signore, si godeva una libertà che prima non aveva mai osato nemmeno immaginare.

Un giorno, sotto il cedro dove tanti anni prima la pazza gli aveva salvato la vita, Mète trovò una tartaruga.

Era piccola, marrone e ostinata: in qualunque posizione Mète la rigirasse, notava che quella ruotava un poco su se stessa, si orientava, e poi s'incamminava lentamente sempre nella medesima direzione. Nemmeno offrendole dell'insalata o una ciotola di latte era possibile distoglierla dal suo imperscrutabile intento di raggiungere un punto preciso verso il fondo del giardino. Mète andò a cercare in quella direzione, ma non trovò nulla che potesse giustificare l'accanimento della tartaruga: niente di commestibile né una tana. La portò con sé fino al muro, facendole risparmiare mezz'ora buona di cammino, perché fosse essa stessa a mostrargli quel che andava cercando, ma la bestiola cominciò lentamente a scavare, come intendesse passare sotto il muro, uscire dal giardino e proseguire oltre. Questo, però, Mète non glielo permise, perché voleva giocarci ancora un po', e la riportò dove l'aveva trovata.

Provò a toccarne la pelle ruvida e sottile: ma sempre la tartaruga si ritraeva dentro al guscio, perché non capiva la differenza tra una carezza e una minaccia, e aveva paura di lui che era buono e le voleva bene. La pazza, invece, che aveva seguito tutti i suoi esperimenti senza parlare, cominciò a manifestare interesse nei riguardi della corazza: la tastò a lungo, ci bussò sopra con le dita, e ci tirò contro delle zolle, che si sfarinavano subito dopo l'impatto come fossero state scagliate sulla roccia. Poi passò a percuoterla con un sasso, e l'animale ci spariva dentro, in attesa che i colpi finissero, per poter ripartire nella propria direzione. La corazza lo proteggeva magnificamente. "Vedi?", disse la pazza, "È durissima. Può resistere a tutto, anche ai colpi della tua carabina." E propose di fare una prova.

Non era molto convinto, Mète, quando piazzò la tartaruga sul pianale dell'altalena; però lo fece: lo attirava l'idea di un essere che sapesse dimostrarsi davvero invulnerabile, come la pazza continuava a sostenere. Arretrò di dieci passi, caricò la carabina. Prese la mira, e si accorse che le mani gli tremavano. "Forse è meglio lasciar stare." Ma la pazza insisté, e allora Mète sparò. Immediatamente dopo il colpo risuonò un rumore secco, come di piombino che rimbalzava, e Mète si precipitò dalla tartaruga. Era intatta, aveva già cominciato a girare su se stessa per orientarsi secondo la propria bussola interiore, nonostante fosse sul sedile dell'altalena. La corazza non presentava nemmeno una scalfittura, e Mète si sentì felice, perché aveva temuto di ferirla: invece era vero, la corazza era impenetrabile. Ma la pazza disse: "L'hai mancata. Guarda qua", e gli mostrò il buco che il piombino aveva fatto sul tronco del cedro, un po' più in alto rispetto alla tartaruga. "Bisogna riprovare", disse, e Mète si sorprese ad arretrare di nuovo, a ricaricare la carabina, a prendere di nuovo la mira. "Ma perché lo sto facendo?", si chiese, e nell'attimo stesso in cui premeva il grilletto decise di non farlo, ma il colpo partì lo stesso. Si udì un altro rumore, più secco del precedente, e questa volta uno zampillo di sangue scuro uscì a spruzzo dalla corazza della tartaruga.

Mète tornò all'altalena sgomento, e si mise a osservare quello che aveva fatto: la tartaruga continuava a stiracchiarsi e a protendersi per andare, mentre il sangue le colava giù fin sopra una zampa. Spingeva fuori il collo pieno di rughe, come intendesse fuggire, ora, da quel guscio che l'aveva tradita; apriva e chiudeva gli occhi, spalancava la bocca emettendo piccoli soffi, e comunque insisteva a voler camminare nella propria misteriosa direzione. Fece due passi, e cadde giù dall'altalena.

La pazza era rimasta muta, sbalordita, e non distoglieva lo sguardo dal sangue che continuava a zampillare dal buco nella corazza. La tartaruga, intanto, aveva ripreso a strisciare nell'erba, in quella che doveva essere una disperata, dolorosissima fuga, resa ancora più estenuante dalla sua lentezza. Muovendosi disordinatamente, faceva uscire fiotti sempre più densi di sangue dal buco, e anche qualche brandello di materia più consistente, che Mète comprese essere carne viva. Ma Mète provava già una pena diversa, più oggettiva, quasi che cadendo dall'altalena la tartaruga fosse passata in una fase del tutto nuova della propria sofferenza, per la quale Mète non rintracciava più nessuna personale responsabilità. Come l'avesse trovata solo adesso, già ferita, e il suo unico dovere fosse di soccorrerla, aiutarla, e spartire con lei un po' del suo dolore: lo strazio provocato dalla vista dell'animale, del suo strisciare nell'erba lasciandosi dietro una scia di sangue, non lasciava spazio nemmeno al rimorso, e Mète si sentì semplicemente dinanzi al Male, quel dato di fatto che aveva reso tanto severa la sua educazione, e non si sapeva nemmeno dove fosse, dove si nascondesse, per poi balzarti davanti all'improvviso. Eccolo, dunque, il Male, finalmente Mète ce l'aveva di fronte, in ogni goccia rossa che vedeva uscire dal corpo della tartaruga, in ogni passo assurdo che quella si ostinava a compiere. Non importava più chi l'avesse causato, adesso era urgente cancellarlo.

"Soffre troppo", mormorò la pazza, "Dobbiamo ucciderla", e Mète non riuscì a concepire nessuna eccezione a quel proposito. La tartaruga stava effettivamente sopportando una sofferenza atroce e del tutto inutile: era riuscita a percorrere una trentina di centimetri, trascinandosi in una penosa via crucis che – era evidente – sarebbe comunque terminata con la sua morte. Così, Mète raccolse tutte le proprie forze e riportò la tartaruga sotto l'altalena, ricaricò la carabina, poi chiuse gli occhi e sparò un terzo colpo, poggiando la bocca del fucile contro l'apertura dove la bestia aveva appena ritirato la testa. Ma subito, senza che Mète avesse il tempo di assaporare il caldo sollievo per il dovere compiuto, la testa spuntò di nuovo dal buco: il piombino le aveva asportato una parte del muso e le aveva fatto saltare un occhio, ma la tartaruga era ancora viva.

Disperato e, adesso, anche impaurito da quel Male che continuava a crescere sotto i suoi occhi, Mète sparò ancora, e poi ancora, attraverso il buco della testa, quello della coda, su per le zampe e di nuovo attraverso la corazza: ma sempre, dopo ogni colpo, la bestia tornava a spingere fuori la testa, offrendogli lo spettacolo del suo muso martirizzato, sbattendo la sottile palpebra superstite con infinita pazienza e ricominciando a marciare. Mète continuò a spararle, cieco di rabbia, staccandole altri pezzi di muso e di carne, finché ebbe finito tutti i piombini e dovette smettere. La tartaruga non era morta, e approfittò della tregua per muovere qualche passo. Allora la pazza suggerì di affogarla.

Mète trasportò la tartaruga fino al lavatoio, sporcandosi le mani e la maglia col sangue che colava da ogni parte. La pazza riempì d'acqua la vasca, e Mète ci spinse dentro la mano che stringeva la bestia. Non riuscì, però, a mollarla, e continuò a tenerla sott'acqua per un tempo che gli parve paurosamente lungo. Poi la tirò fuori, e la tartaruga tornò a muovere le zampe e a protendere il collo verso l'esterno. Dalla corazza crivellata uscivano zampilli d'acqua viola, come da un innaffiatoio. Mète la ricacciò nell'acqua, trattenendocela per un tempo che gli parve il doppio di quello di prima. Ma ancora: quando la estrasse, la tartaruga si dimenava e nuotava nell'aria. Ciò che rimaneva della sua bocca si spalancò, per emettere un soffio che stavolta fu più lungo e forte, quasi minaccioso: e Mète non riusciva più a comprendere, adesso, se lo stesse implorando a compiere in fretta il proprio dovere, o se invece non lo stesse maledicendo, rinfacciandogli tutto ciò che era stato capace di farle.

L'acqua del lavatoio era diventata scura come tintura di iodio, e Mète si persuase che non sarebbe mai riuscito a gettarci dentro l'animale senza tenerlo in mano. "Bruciamola", disse allora, e lui stesso ne inorridì, perché ormai non avvertiva più nessun controllo nemmeno sulle proprie parole, e tutto pareva avvenire fuori di lui. Nel formularlo, quell'imperativo gli era sembrato misericordioso; udendolo, era disumano.

Ma la pazza era già corsa in casa, e ne era tornata immediatamente con mezza bottiglia di alcol, un panno e dei fiammiferi da cucina. Insieme a lei Mète asciugò col panno l'animale, che era nuovamente scomparso dentro la corazza. Poi ci rovesciò sopra la mezza bottiglia di alcol, accese un fiammifero e appiccò il fuoco. Una fiaccola blu avvampò attorno al guscio, e continuò ad ardere a lungo, sotto gli sguardi attoniti della pazza e di Mète. L'animale aveva cessato di dare segni di vita, anche il sangue aveva smesso di sgorgare. Un odore di ossa bruciate cominciò a spargersi per il giardino. Rimasero ancora immobili, Mète e la pazza, ad aspettare che la fiamma si estinguesse, lentamente, sempre più trasparente e violetta ma esterna, troppo esterna alla tartaruga per poterla realmente sopraffare. E infatti, quando ancora una flebile barba di fuoco sopravviveva sulla sommità della corazza, dai buchi tornarono a spuntare le zampe, la coda, e poi il muso, tutte le ferite cauterizzate, sfigurate in un ghigno interminabile. La tartaruga riprese a orientarsi per andare, ma ormai la vista di quelle sue lentissime operazioni, sempre le stesse da quando Mète l'aveva trovata sotto al cedro, risultava insostenibile come una sequenza di gesti diabolici. Occorreva non vederla più soffrire, almeno, se era impossibile, por fine alle sue sofferenze. Fu per questo che Mète e la pazza decisero di seppellirla.

Con una pala Mète scavò una buca, e la fece profonda, profondissima, da potercisi seppellire lui stesso. La tartaruga, nel frattempo, ne approfittò per incamminarsi nella solita direzione, e quando Mète ebbe finito di scavare dovette andare a recuperarla sotto un cespuglio di ortiche, pungendosi le braccia. La mise dentro la buca e prima di ricoprirla ci gettò dentro la carabina. Poi rimase abbracciato alla pazza, tremante, a fissare il mucchio di terra fresca sul quale aveva conficcato un'assurda croce fatta con due rametti del cedro, finché il sole cominciò a calare, e si udì il grido di sua madre che lo chiamava dalla finestra. Allora se ne andò, mentre la pazza rimaneva impalata, senza nemmeno salutarlo, a fissare con occhi da pazza la tomba della tartaruga.

Per spiegare le macchie di sangue sulla maglietta, Mète dovette inventare un incidente occorso a un compagno durante la partita, così che sua madre s'impressionò, vietandogli di tornare a giocare nel campo l'indomani. Per la prima volta Mète avvertì che un divieto di sua madre gli veniva in soccorso, ed ebbe bisogno di piangere: corse a rinchiudersi in bagno, per non essere visto, ma sua madre udì i suoi singhiozzi, e attraverso la porta chiusa gli revocò il divieto, chiedendogli scusa e facendolo piangere di più. Poi piano piano si calmò, smise di piangere, e pregò il Signore di fargli dimenticare presto il male commesso. In cambio rinunciò per sempre al suo giardino, e promise di non disubbidire mai più. Allora uscì dal bagno, e tra le braccia della madre gli parve che il Signore avesse ascoltato la sua preghiera, che avesse già cominciato a esaudirla.

Più tardi, mentre faticava a mandar giù la minestra in brodo, Mète sentì suonare il campanello di casa, e sua madre andò ad aprire. Lui la seguì, e rimase nascosto in fondo al corridoio, per vedere chi era. Era la pazza, bianca in viso, gli occhi ancora più stravolti, che si gettò al collo di sua madre e scoppiò a piangere, l'abbracciò, la strinse, la coprì di baci, farfugliando parole terribili che tra i singhiozzi Mète capì a stento: "È ancora viva, è uscita, l'ho vista uscire, è viva...".

La scarpa

La prima impressione fu di violazione. Tornato in casa alle nove e mezza del mattino dopo essersi come sempre alzato alle sette, aver come sempre preparato la colazione ai bambini, averli svegliati, lavati, vestiti e nutriti, aver controllato come sempre il contenuto degli zaini, averli accompagnati a scuola nel traffico e esser tornato sotto casa a constatare che il posto per parcheggiare non c'era più, dopo essersi messo a cercarlo e averlo provvidenzialmente trovato in cinque minuti, e aver perciò portato il cane a fare la passeggiata lunga – quando perdeva molto tempo per trovare il parcheggio lo faceva pisciare contro il muro e tornava in casa –, dopo aver comprato il giornale, averlo letto in fretta al bancone del bar dove aveva bevuto un secondo caffè, avere fatto due passi con un vecchio amico chiacchierando del più e del meno, essersi accorto di avere scordato il cane fuori dal bar, legato al palo di un cestino dei rifiuti, ed esser tornato di corsa a riprenderlo, rientrato in casa dopo tutto questo nel soggiorno allagato di luce e in mezzo alla folla di oggetti familiari che lo popolava vide la scarpa. Per terra. Davanti al divano. Gialla. Da donna.

"Impossibile", pensò. Ma la scarpa era lì.

Violazione, appunto. "C'è nessuno?", gridò – in casa sua, dove *sicuramente* non c'era nessuno – e perlustrò le stanze una per una. Violazione. Tornato in soggiorno trovò il cane che annusava la scarpa, la raccolse e la osservò. Era gialla, col tacco alto, e due lampo nere, una sulla scollatura e una sul tallone, che la rendevano molto aggressiva. La suola era un po' consumata, e così pure l'interno, ma la scarpa non era certo vecchia da buttarsi via. Dalla ridda di interrogativi che si era scatenata nel suo cervello ne emerse uno più urgente: "Ci sarà anche l'altra?". Si mise a guardare dappertutto, sotto i divani, dietro lo stereo, dietro e sopra la libreria, e poi daccapo in tutte le altre stanze – una vera perquisizione – ma la seconda scarpa non c'era. Un nuovo interrogativo si fece largo allora nel suo stupore: "Come diavolo c'è arrivata?". Andò alla porta-finestra del balcone, che un'ora e mezza prima, uscendo per accompagnare i bambini, aveva spalancato e lasciato aperta – e in quel momento, lo ricordò con certezza, la scarpa non c'era. Uscì sul balcone e la luce bruta del sole lo accecò. Guardò giù, e quando la sua vista ricominciò a funzionare vide il consueto viavai di persone e di macchine che affollava la sua strada. "Possibile?", si chiese. Possibile che qualcuno avesse scagliato la scarpa direttamente nel suo soggiorno? Non c'era altra spiegazione. Fosse saltata fuori anche l'altra si sarebbe potuto pensare a un'intrusione fisica, ma la scarpa spaiata doveva per forza essere giunta lì per via aerea. S'incantò a immaginare la parabola che quell'assurdo proiettile giallo doveva aver descritto per arrivare nel suo soggiorno, ma l'incanto si spezzò subito e nella sua mente ricominciarono a rombare le domande. Chi? Perché? Che senso aveva? Pensò di scendere a chiedere ai negozianti della strada, al barbiere, all'antiquario, al commesso della bottega di ferramenta: qualcuno doveva avere pur visto. Ma poi vi rinunciò, forse per la vergogna di dover stare a spiegare. Tornò dentro, si sedette sul divano e si rimise a osservare la scarpa. Ora non gli trasmetteva più il senso di violazione, gli era già più familiare. Si accorse che era bellissima. Gialla, col tacco alto e due cerniere-lampo nere. Le cerniere erano aperte. Il piede che l'aveva calzata era piccolo, un trentasette, a occhio e croce. L'interno ancora tiepido. Vedendo il cane, ai suoi piedi, girellare nervosamente col naso all'insù, gli venne l'impulso di imitarlo, e la annusò: gli parve di distinguere l'odore di un piede recente, per così dire, un odore vivo, non sgradevole ma organico, umano, e immaginò il gesto della donna che si sfilava la scarpa dal piede prima di tirarla nel suo soggiorno – lì sotto, per strada, spudoratamente, davanti a tutti.

Già. La donna che l'aveva tirata. La *donna* che l'aveva tirata. Continuando a osservarla, da quella scarpa cominciò a sorgere un corpo, come nel *Manoscritto trovato a Saragozza* – un corpo di donna: prima i piedi, minuti ma col collo ben arcuato, poi le caviglie solide, i polpacci torniti, le cosce forti – un'atleta? –, poi il bacino ampio e pieno, la pancia piatta, il torso dritto, due grandi seni morbidi, le spalle larghe e lisce... Il volto no, non apparve, ma quel corpo si scolpì nella sua mente con la brutalità delle cose logiche, perché soltanto un corpo così bello e statuario poteva permettersi di portare una scarpa del genere. Un corpo di donna senza volto, e d'un tratto lui capì esattamente quello che c'era da capire. Aveva voglia di una donna. La sua vita monacale, tutta lavoro e bambini, tutta affetto e controllo e comprensione e pazienza e orgoglio di star facendo fino in fondo il proprio dovere, la nuova vita sana e pura che si era scelto – perché non era stato sempre così, c'era stato un tempo, nemmeno molto lontano, in cui una scarpa come quella sul pavimento del suo soggiorno sarebbe semplicemente appartenuta alla donna che ronfava nel suo letto – aveva inesorabilmente tagliato fuori le donne. Non ne toccava una da mesi e adesso, dinanzi a quella scarpa, si accorse che ne aveva voglia. Tanta voglia. E capì che così non andava bene, allora, e che doveva smettere di non guardare mai le donne che incontrava, di vederci solo mamme o insegnanti o bariste o commesse o mogli dei suoi amici, e che per quanto incongruo e assurdo e probabilmente destinato a rimanere senza spiegazione il volo di una scarpa fin nel cuore del suo tempio domestico aveva un significato preciso che solo lui poteva comprendere, essendo la misteriosa lanciatrice nient'altro che il messo ignaro e irrilevante di una vita veramente piena e matura che l'aveva mandata a dirgli "ehi, esisto, e tu ci sei vicino ma non mi vuoi vivere, ti accontenti di fare il tuo dovere e non osi nemmeno desiderarmi, hai paura".

Erano le dieci del mattino quando la scarpa gialla tra le sue mani cessò di essere un mistero. Tutto gli era chiaro. Aveva lasciato una porta aperta e da quella porta era entrato nella sua vita ciò che alla sua vita mancava. Ora si trattava di non chiuderla, pensò, di non avere paura a lasciarla aperta, e prima o poi una scarpa da donna abbandonata per terra nel suo soggiorno sarebbe tornata a essere una cosa normale.

Sotto il sole ai Campi Elisi

Avevamo le facce stanche, gli occhi stanchi, le schiene stanche. Lui, Svevo, che mi ospitava nel suo minuscolo appartamento nel quartiere marocchino, perché non era riuscito a dormire, come gli accadeva da tempo. Io invece m'ero troppo sforzato di restare sveglio a fargli compagnia, e quando infine mi ero addormentato avevo sognato catastrofi marine. Prima di rincasare, la notte prima, avevamo fumato e bevuto troppo; e avevamo troppo atteso fuori da un ristorante di rue Saint-Denis che una sua amica smontasse dal lavoro, mentre al lavoro quella sera non c'era nemmeno andata; e avevamo troppo passeggiato attorno a Les Halles, io davanti e lui dietro, senza quasi parlare, con la sola preoccupazione di non andare a sbattere contro qualche enorme serpente di metallo, come Svevo aveva visto fare a un cieco, qualche giorno prima, davanti all'ingresso di un ristorante cinese, e ne era rimasto impressionato. E avevamo troppo discusso di calcio, in francese, dentro all'Harry's Bar, sotto i guantoni da boxe di Hemingway appesi al soffitto, con un gruppo di camionisti disoccupati, il più vecchio dei quali aveva finito per mostrarci la carta d'identità perché credessimo che era nato *veramente* a Shangai, mentre per noi dovunque fosse nato non faceva differenza.

Così, quella mattina, tutto ciò che c'era di umano dentro l'appartamento di Svevo emanava stanchezza. Sugli specchi, dentro l'armadio o nel bagno, vedevo me stesso incapace di reagire agli stimoli dell'acqua gelida, alle vampate di lozione dopobarba o alle carezze del vestito buono; in cucina o in camera da letto, seduto a imburrare il pane o sdraiato a fissare la finestra, vedevo lui, con la sua aria giovane e talvolta insolente ma anche con quei segni sotto gli occhi che lo tenevano lontano da ogni parvenza di quiete. Erano proprio quelle occhiaie ad attirargli addosso le attenzioni di certe ragazze conosciute nei locali, a volte tanto belle che Svevo se ne innamorava: ma sempre, appena appurato che le occhiaie dipendevano dall'insonnia e non dal consumo di cocaina, esse perdevano ogni interesse per lui.

Svevo non era, in assoluto, il mio amico più caro: ma tra i miei amici più cari era senz'altro quello con cui avevo diviso i momenti più impressionanti della mia giovinezza. Se di notte mi ritrovavo a sognare naufragi, navi che s'inabissavano ed esplosioni sottomarine, insieme a Svevo ero veramente naufragato, un'estate, con una barca a vela troppo irrequieta per le nostre capacità di dominarla. E se invece sognavo disastrose eruzioni vulcaniche, con Svevo avevo visitato l'arcipelago dei vulcani, ero effettivamente salito sulla loro sommità per ammirarne la minaccia che rosseggiava nel buio. Nel repertorio di presagi e premonizioni affidato al mio inconscio, Svevo era una presenza ricorrente e talvolta inquietante. Perciò quella mattina, quando gli chiesi in prestito le sue scarpe nere (più per l'emozione di indossare qualcosa di suo che per reale necessità), e mi sentii rispondere "Quelle portano sfortuna", presi la cosa molto seriamente. Misi ugualmente le scarpe, ma cominciai subito a fantasticare su cosa potesse essergli successo da convincerlo che la colpa non era stata sua o degli altri uomini, o delle donne, o di Parigi, ma delle scarpe.

Quando uscimmo di casa era quasi mezzogiorno; non saprei dire cosa avessimo fatto per tutta la mattina oltre a lavarci, vestirci e sembrare stanchi. L'appuntamento che avevo con Hector Freyre era per l'una meno un quarto, e, dato che la casa editrice stava dalle parti degli Champs-Élysées, non avevamo tutto quel tempo che a Parigi si butta via sempre volentieri. Semplicemente, eravamo usciti all'ora giusta, come avessimo calcolato la durata dei tragitti in metropolitana e delle attese per i cambi di linea.

Attraversammo i cortili che ingentilivano i sinistri caseggiati del quartiere. Il clima era mite e, sebbene si fosse in aprile, il sole splendeva con entusiasmo. Sparsi nei cortili, giocavano a calcio numerosi bambini neri, alcuni sorprendendomi per il fine controllo di palla, l'avanzata tecnica individuale, la visione di gioco, al punto che rabbrividii paventando il mondiale di calcio del 2018 nuovamente dominato dalla nazionale francese. Svevo continuava a raccontarmi quello che avevo fatto e detto durante il sonno: le frasi di conforto che avevo avuto per mia moglie, gli sprazzi di panico incomprensibile, i calci che avevano quasi scacciato lui dal letto, le rabbiose imprecazioni contro una certa "nave del cazzo".

Continuammo ad attraversare cortili, e anche la nostra

andatura era stanca. Dovunque ci fosse un po' d'erba, notavo sempre qualche cane intento a rotolarcisi sopra.

Svevo mi aveva detto, quando ero arrivato, che la mia presenza a Parigi "lo rassicurava" – e il fatto che io rassicurassi lui rassicurava me. Sapevo che il suo morale era basso, che non riusciva a combinare niente, né a godersi niente, della vita. Non sapevo, invece, se lui immaginasse come mi sentivo io, con una moglie a Roma in attesa di un figlio, durante un viaggio di lavoro a Parigi dal quale avrei ricavato a malapena di che coprire le spese, e solo perché lui mi ospitava a casa sua. D'altra parte, nemmeno io avrei saputo dire con esattezza come mi sentivo: troppe cose mescolate insieme, troppe le vecchie che sopravvivevano in me e troppe le nuove che continuamente le assalivano.

Arrivati al grande snodo di Place Stalingrad, accolsi con piacere la decisione di Svevo di prendere, delle tre linee di metropolitana, la sopraelevata: sentivo il bisogno, quella mattina, di non mettere troppa materia tra me e il sole, perché se l'insonnia consumava il mio amico e lo segnava di nero sotto gli occhi, tutti quegli incubi finivano per consumare anche me. Invidiavo i cani che avevo visto rotolarsi sull'erba, abbracciare la terra calda.

Secondo un'antichissima regola, il primo treno ad arrivare in stazione fu quello che andava nella direzione opposta alla nostra. Osservai le persone che scendevano e salivano, e non mi parve ci fosse nessuna differenza tra le une e le altre – né mi parve che nessuno, tra loro, avrebbe mai potuto avere una moglie a Roma e un figlio che stava per nascere, né un amico che l'ospitasse in una città straniera e che al mattino gli ripetesse tutti i suoi deliri della notte precedente perché era rimasto sveglio ad ascoltarli. Del resto, era il consueto stato d'animo nel quale mi trovavo quando stavo con Svevo, e che mi legava a lui fin dall'inizio della nostra amicizia: il sentirsi unici, estranei al mondo, irriducibilmente soli. Quando il treno fu ripartito, notai un piccione dibattersi sotto la pensilina di metallo, cercando disperatamente una via d'uscita alla trappola in cui, da solo, s'era cacciato. Infine la trovò – era la stessa via per la quale era entrato.

Secondo un'altra antichissima regola del trasporto pubblico, il nostro treno arrivò appena Svevo ebbe acceso una sigaretta. La terra di nessuno compresa tra i due marciapiedi, dove correvano i binari, era cosparsa di sigarette come quella che Svevo vi scagliò, non fumate. Nella carrozza ci catapultammo su una coppia di sedili vuoti, bruciando sul tempo una ragazza di colore. Alta, slanciata, bella, con una capigliatura ornata da centinaia di minuscole trecce, rimase ritta proprio di fianco a noi: non ci passò nemmeno per la testa l'idea di cederle il posto, perché anche le nostre gambe erano stanche, e quella ragazza aveva un'aria infinitamente più sana e riposata della nostra. Si alzò invece un signore, e cercò, a furia di sorrisi, di far passare la cosa come un gesto di cavalleria, mentre doveva solo scendere alla stazione successiva. Per un tratto il treno sorvolò lo spettacolo metallico della Gare du Nord, poi costeggiò il quarto piano degli scuri edifici haussmanniani lungo l'interminabile rue La Fayette; senza dire una parola, ci limitavamo a guardare fuori dal finestrino. Poi, poco prima di Pigalle, il treno si immerse in un tunnel dal quale non sarebbe più uscito, e io mi accorsi che potevo sopravvivere anche senza quel sole.

Svevo non conosceva Freyre, e Freyre non conosceva Svevo. Erano due tipi di scrittore talmente diversi da poter vivere tutta la vita ognuno ignorando l'esistenza dell'altro. Così, la possibilità che avevo io di farli incontrare mi era parsa subito preziosa. A Freyre, quando mi aveva telefonato per invitarmi a pranzo, avevo detto che con me sarebbe venuto Svevo, e di Svevo avevo detto che era un giovane scrittore di talento, che collaborava ogni tanto alla casa editrice e che mi ospitava a casa sua per il mio soggiorno a Parigi. A Svevo, in metropolitana, cominciai a parlare di Freyre come di un aristocratico italo-uruguayano, la cui famiglia possedeva mezzo Sudamerica, che era stato catapultato nella letteratura dalla sublimazione degli istinti mondani. Il suo primo romanzo, quindici anni prima, era stato un inspiegabile successo internazionale, e ne era stato tratto un film che lo aveva spinto a trasferirsi a Parigi per scrivere la sceneggiatura: dopodiché non era più tornato in Italia, e i suoi contatti con la madrelingua si erano fatti molto sporadici. Dei suoi libri successivi dissi che non erano né belli né brutti, ma semplicemente vendevano dalle trenta alle cinquantamila copie, e che erano scritti in un italiano pieno di forestierismi che costringeva la casa editrice a farli correggere da qualche schiavo sottopagato come ero stato io fino a qualche anno prima, e come avrebbe potuto diventare Svevo in capo a qualche anno. Notai che a interessare Svevo erano soprattutto i cognomi leggendari che, parlando di Freyre, non si poteva fare a meno di citare, e sebbene non avessi speso nessuna autentica buona parola per presentarglielo, mi accorsi che ne stavo facendo un ritratto accattivante. Preannunciai al mio amico che ci avrebbe probabilmente condotti in un ristorante dove non avremmo nemmeno dovuto fare la mossa di pagare, perché il conto sarebbe stato di molto superiore a quanto io e lui, messi insieme, avevamo nelle tasche. E gli citai a memoria alcuni passi delle velenose recensioni che l'ultimo romanzo di Freyre aveva ricevuto: in molti se l'erano presa con la fotografia che splendeva sul retro della sovracoperta, la sciarpa bianca che gli cadeva sulle spalle, il cappotto di tweed col bavero alzato, da cui spuntava il suo viso patrizio. La ragazza di fronte a noi seguiva la mia descrizione come se non solo capisse l'italiano, ma conoscesse benissimo Hector Freyre. Svevo la guardava con i suoi occhi stremati, nei quali era riflessa una pallida voglia di toccare, anche un attimo soltanto, quelle sue bellissime treccine.

Alla stazione Charles de Gaulle-Étoile scendemmo tutti e tre, come fossimo insieme, e l'impressione che fossimo insieme continuò per un lungo tapis roulant e una scala mobile. Non era priva d'importanza, per me, un'impressione del genere, né la consapevolezza di avere un Arco di Trionfo sopra la testa. Infine dovemmo separarci, e mentre noi svoltavamo per la corrispondenza, vedendo che lei proseguiva verso l'uscita, mi venne spontaneo di salutarla con la mano. Lei non rispose al mio saluto, o non lo vide, come non lo vide Svevo: fu un gesto sprecato, niente di più.

Di nuovo, sul marciapiede, vedemmo arrivare prima l'altro treno, poi lo vedemmo ripartire, poi accendemmo una sigaretta e quasi subito la buttammo via perché arrivava il nostro. Non c'era posto a sedere, e io fissai tutto il tempo un sinistro adesivo sul vetro, in cui un coniglietto rimaneva con una zampa schiacciata dallo sportello automatico. Infine, scendemmo dal treno per riemergere nel bagno di sole che ci attendeva sui Campi Elisi. La puntualità con cui ci stavamo presentando mi faceva sentire degno di alcune mie aspirazioni, e indegno di alcune altre: come sempre c'era qualcosa che le teneva separate.

La casa editrice era in uno stabile ottocentesco che poteva ben permettersi di ospitare, tra le altre cose, anche l'ufficio di Hector Freyre. Entrandoci, Svevo ostentò di appartenere ancora a quel genere di innocenti su cui fanno effetto le porte automatiche di cristallo, i videocitofoni, gli specchi fumé e i portinai in divisa. Avevo dimenticato di parlargli del bull-dog dal quale Freyre non si separava mai, e che aveva il vizio di mordere le scarpe degli ospiti, e lo vidi meravigliato quando l'animale mi si avventò sui piedi: non perché quella bestia fosse sorprendente nei dintorni di Freyre, ma per il fatto che l'avessi trascurata nella mia descrizione.

Freyre sprofondava in una poltrona nera, dietro una scrivania ordinatissima. Ci accolse calorosamente, alzandosi e invitandoci a sederci di fronte a lui. Lui e Svevo si strinsero la mano in fretta, con un gesto d'abitudine, come fossero amici di vecchia data; dopodiché, però, la presenza di Svevo cominciò a dimostrarsi superflua. Mentre io conversavo con Freyre, giustificando il nostro aspetto con vaghi riferimenti alla notte precedente, Svevo si era già perso nella dominante beige dell'ampia stanza, ammirava le piante rigogliose negli angoli, seguiva sulla moquette i riflessi verdastri del bovindo. Sapevo che Svevo si affezionava alle persone e alle cose, e una volta mi aveva detto di non amare i posti dove non sarebbe tornato mai più, perché ne avrebbe provato nostalgia. Stava forse cercando di perdersi nei dettagli di quella stanza, di scomporla in decine di banali osservazioni per non coglierne in nessun modo un'impressione intera e non ritrovarsi, un giorno, a rimpiangerla?

Freyre aveva stima di me, ma manifestava anche una specie di malinconica invidia nei confronti della mia vita normale, piena di problemi normali, e dei miei undici anni in meno di lui. Avrei desiderato fargli estendere anche a Svevo quello stesso sentimento, che in definitiva era come gelosia per tutto quello che a noi mancava e lui invece possedeva da sempre; d'altra parte, io stesso provavo qualcosa del genere nei confronti di Svevo, mi accorgevo talvolta di invidiare certi suoi problemi elementari che io avevo ormai risolto. Così, parlando del mio soggiorno a Parigi, citavo di proposito cose che riguardavano il mio amico (la casa di Svevo, il quartiere dove si trovava la casa di Svevo, i locali dove mi portava Svevo), per indurre Freyre a rivolgere qualche domanda anche a lui. Ma Freyre continuava a fissare me, e a invidiare solo la mia vita, solo i miei problemi, solo i miei anni in meno dei suoi. Svevo, che ne aveva sedici meno di lui (e io lo dissi, a un certo punto, cogliendo come pretesto gli sconti di cui lui beneficiava ancora, ed io non più, per entrare nei musei) continuava a venire ignorato affabilmente; perfino il cane non lo molestava, preferendo accanirsi sulle scarpe che indossavo – che però erano di Svevo, e risultavano così l'unica cosa sua che dentro quella stanza venisse presa in considerazione. Questo mi dava di nuovo l'impressione di essere il solo a credere di essere in tre, e di essere insieme, proprio come mezz'ora prima quando avevo lanciato a vuoto il mio saluto, alla ragazza nera scesa dal metro.

Freyre propose di avviarci per il pranzo, menzionando il nome di un ristorante di rue de Rivoli: Royal-qualcosa. Mi chiese se lo conoscessi, e io risposi no, come del resto non conoscevo il novantanove per cento dei ristoranti parigini, e il cento per cento di quelli il cui nome conteneva l'aggettivo "Royal". Sperai che lo domandasse anche a Svevo, perché con un'occhiata giuliva mi aveva comunicato che invece lui lo conosceva, ma Freyre non lo fece, si limitò ad aggiungere che si trattava di un "discreto ristorante". Si alzò dalla poltrona, comunicò in francese a un interfono che se ne sarebbe andato, poi si accorse che il suo cane mi stava sbavando sulle scarpe e lo chiamò. Notammo che a furia di morderle le aveva rovinate. Freyre lo rimproverò, sempre in francese ma con indulgenza. Io dissi allora che le scarpe erano di Svevo, il che costrinse Freyre a guardare per la prima volta il mio amico. Attesi che qualcosa accadesse: Freyre gli chiese scusa, e lui gli ripeté semplicemente "Tanto, portavano sfortuna". Ciò sembrò bastare a Freyre per considerare perdonato il suo cane. Raccolta la giacca dalla spalliera di una poltrona, se la infilò maldestramente, con il bavero che rimase piegato all'indietro in un modo che lo faceva sembrare gobbo: Freyre parve non accorgersene, aprì la porta per farci uscire, poi ci fece strada fino al portone di cristallo sempre senza rimettersela a posto. Quando fu chiaro che intendeva davvero uscire per strada con la giacca in quelle condizioni, Svevo mi sussurrò: "Forse dovresti dirglielo". "È un vezzo", gli risposi. In realtà ero convinto anch'io che non se ne fosse accorto, ma era uno spettacolo che non volevo perdere, Hector Freyre che passeggiava per gli Champs-Élysées con una specie di gobba. Era senza dubbio un bell'uomo, a quarantun anni, la pelle chiara e delicata, la bocca sottile. Gli occhi, d'un azzurro pallido, suggerivano senza dubbio alle donne quel particolare bisogno di protezione che solo agli uomini potenti viene riconosciuto. Se era capace di compromettere tutto il suo fascino infilandosi una giacca in quel modo, non spettava certo a me rimediare. E pensai che se sulla sovracoperta del suo romanzo avesse fatto mettere una foto che lo ritraeva in quelle condizioni, invece del ritratto che era stato effettivamente stampato, forse più adatto a *Uomo Vogue*, le recensioni di critici brutti e gobbi per davvero sarebbero state meno avvelenate.

Il sole splendeva ancora, e quando Freyre propose di andare a piedi mi ritrovai come al solito diviso in due, tra la parte di me che voleva assorbire ogni raggio di quel sole, e guardare il colore degli occhi di ogni ragazza, e riscattarsi, riconciliarsi, e camminare in mezzo alla folla fino a sentirsene invasi, e l'altra parte che era già esausta, e aveva mal di testa, le gambe indolenzite. Svevo fu invece semplicemente deluso da quella proposta, mi aveva detto più volte di amare sopra ogni altra cosa i taxi; quando passammo accanto alla fila parcheggiata sulla rotonda di Clemenceau, in attesa di clienti, mi sembrò molto amareggiato.

Freyre, frattanto, continuava a farmi domande sulle mie notti parigine; io gli rispondevo al plurale, insistendo più sui postumi che sulle notti vere e proprie, così che lui pensasse ciò che voleva su come le avevamo passate.

Mi chiese se bevevo d'abitudine, e io risposi di sì, anche se in realtà, da quando mi ero sposato, e soprattutto da quando mia moglie aspettava il bambino, non bevevo quasi più. Risposi, in un certo senso, a nome di Svevo, che invece beveva molto e scelleratamente, come testimoniato dalla sfilza di bottiglie di gin allineate sul tavolo della sua cucina. Risposi, forse, a nome della parte di me che era sopravvissuta al matrimonio e all'imminente paternità, quella che aveva effettivamente bevuto la notte precedente, e che adesso era ubriacata dal sole e dal colore degli occhi delle ragazze – cioè l'unica parte di me che a Freyre potesse realmente interessare. Non gli sarebbe importato nulla dell'altra metà, quella che aveva imparato a riordinare una stanza e a conservare la corrispondenza, che era riuscita ad amare una donna soltanto e a esserle fedele, a rassicurare un amico, o che il giorno precedente al negozio Petit Faune aveva acquistato una tutina scozzese per neonato: tutto questo, infatti, l'avrebbe annoiato a morte. Né mi sarei fatto invidiare quand'anche fossi riuscito a dimostrargli di scrivere meglio di lui, di sapere educare un cane o infilarmi una giacca meglio di lui. Svevo, accanto a me, camminava guardando per terra, ogni tanto alzava gli occhi verso Freyre e ammiccava per come se ne andava tranquillo con la gobba nella giacca. Il cane ci seguiva, o ci precedeva, alternando fulminei attacchi ai talloni del suo padrone o ai miei. Anche lui continuava a ignorare Svevo.

Freyre cominciò a parlare di quando si ubriacava e dormiva due ore per notte. Parlava dei risvegli alla mattina e dei cerchi alla testa come fossero beni inestimabili. Mitizzava le ragioni per cui ci si degrada in quel modo, mitizzava la sua noia di allora, le donne perse nella notte e i soldi gettati al vento, come le uniche ragioni per cui vale la pena essere giovani. Sembrava confondere la realtà con la lisa atmosfera dei suoi romanzi, i suoi ricordi di orge e sbronze facoltose con il mio attuale mal di testa – ed era proprio quello che esigeva da me, un pretesto per esercitare ancora queste confusioni. Voleva esser messo al corrente che certi eroismi continuavano anche adesso che lui li aveva abbandonati, e se ne serviva solo per riempirci le pagine dei suoi libri.

Era chiaro che Freyre non aveva mai sofferto. Io, che invece qualcosa l'avevo sofferto, e non ero ancora riuscito a distanziarmene del tutto, e ogni tanto lo dimostravo, mi sentivo al tempo stesso di usurpare a Svevo, che mi camminava vicino, il titolo di campione della fatica di vivere che Freyre continuava a conferirmi. Se proprio lui ammirava tanto i giovani scrittori che si buttano via, era in Svevo, e non in me, che doveva rintracciarne il modello: lui era realmente solo e sfiduciato, lui beveva ogni sera per noia e buttava il denaro e perdeva le donne. Lui, non io, si degradava perché non aveva ancora trovato una buona ragione per tenere a se stesso.

D'altra parte, non ero affatto d'accordo con quella visione nostalgica del degrado, col tentativo di spacciare per belle le vite miserabili, che suonavano come una gentile istigazione al suicidio. Alcuni personaggi dei romanzi di Freyre, infatti, finivano per uccidersi intorno alla terz'ultima pagina, e i suoi sondaggi sul malessere che ostentavo per farlo contento, finirono di convincermi che un giorno o l'altro mi avrebbe preso a modello per l'ennesimo eroe negativo di un suo romanzo – il che lo avrebbe fatalmente condotto a parlare di barbiturici sul mio comodino o rivoltelle puntate contro il mio cuore: una fine che invece non avrei più fatto. Svevo, al contrario, poteva ancora farla, ed era qualcosa, questo, che mi preoccupava. Perché non ero più d'accordo neppure con la sua totale irrequietezza, con i suoi sabotaggi da kamikaze per locali notturni e discoteche, in cerca di ragazze con cui sperperare il suo poco denaro. Soprattutto non ero d'accordo con quell'atteggiamento consapevole, quasi compiaciuto, che Svevo mostrava di tenere nei confronti del proprio degrado. Gliel'avevo anche detto, ero stato persino brusco quando mi era venuto il dubbio che ci fosse del compiacimento nel modo in cui buttava via la sua vita: ma bastava restargli vicino per una sola notte, e si capiva che il disagio di Svevo era una faccenda seria, autentica, che non aveva niente a che fare coi miti di Freyre. Bastava addormentarsi una sola volta al suo fianco mentre lui continuava a parlare e a fumare, per accorgersi di quanto era ancora realmente lontano da un'esistenza accettabile, e che a quel suo consumarsi nel tempo assieme al tempo non esisteva, per il momento, nessuna alternativa. Mentre i rimpianti aristocratici di un Freyre non mi facevano nessun effetto, l'esempio che Svevo continuava a dare poteva ancora nuocermi sul serio: poteva risvegliare la parte di me che, quando era stata dominante, aveva tentato di distruggermi, e poteva farlo anche adesso che gliene avevo affiancata un'altra più tollerante e mansueta.

Place de la Concorde si era fatta più vicina, e dietro all'obelisco di Luxor si cominciava a intravedere la foce di rue de Rivoli: calcolai, per farmi coraggio, che si doveva ormai aver passato la metà del tragitto. Nonostante l'appetito, ciò che sognavo soprattutto di quel ristorante era la sedia su cui poter crollare, e il tavolo su cui appoggiare i gomiti.

Esaurite le rievocazioni del suo passato di bevitore, Freyre attaccò a parlare del suo presente: per farlo si servì della nota figura retorica chiamata "epitrope", mediante la quale l'oratore anticipa nel proprio intervento tutte le critiche che dovrebbe ricevere dagli avversari, e così facendo le neutralizza. Il ritratto che faceva di sé, infatti, era carico di uno squallore calibrato, che si basava sulla routine delle ore di lavoro, principi di reumatismi, capelli grigi sulle tempie, richieste esagerate di alimenti da parte della ex-moglie e atrofizzazione della vena creativa. Non dubitai che quei problemi li avesse davvero, e in fondo erano più seri dei miei e di quelli di Svevo messi insieme, ma nonostante questo mi accorgevo che Freyre non era affatto infelice. Era magari infastidito, o annoiato, ma non sarebbe mai riuscito a soffrire sul serio. Per questo invidiava me: perché io potevo ancora essere infelice, e anzi lui era convinto che lo fossi.

E io lo ero? Ero infelice? A dir la verità, mi ritrovavo nel confuso stato d'animo di sempre: mi piaceva che un milionario come Freyre ammirasse i miei passi falsi, e allo stesso tempo la cosa mi indignava; mi interessavo sinceramente a tutti i suoi guai d'alto bordo, però subito mi venivano a noia; mi sentivo protetto dall'innocenza di Svevo, però anche mi sentivo in dovere di proteggere lui da un nichilismo che poteva diventare volgare e criminale. Mi commuovevo per la bellezza di certe ragazze che mi passavano accanto, ma avrei desiderato precipitarmi dentro un portone a caso, salire di corsa tre rampe di scale e ritrovarmi nel soggiorno di casa mia ormai invaso da culle e passeggini, e baciare mia moglie e abbracciarla e sentire la sua pancia sempre più grossa premere contro la mia. Mi sentivo ancora giovane se guardavo alla mia destra verso Freyre; già vecchio se guardavo a sinistra l'assente espressione di Svevo. Mi sentivo a pezzi in ogni mio pezzo, diviso, combattuto, spaccato; eppure, nell'insieme, più integro di loro due.

Con un calcio mandai un sasso a stamparsi sul montante di un cestino dei rifiuti, e mi venne in mente che le punizioni di prima che aggirano la barriera, lasciano di stucco il portiere e poi colpiscono il palo vengono ammirate come se avessero fatto centro, ma deludono molto più che se fossero state spedite alle stelle. Freyre mi chiese se giocavo a calcio, poiché la mia battuta aveva tradito una certa tecnica. Risposi di sì, nella squadra P.N.M. Giulio Cesare: cioè, spiegai, Promesse Non Mantenute del liceo classico Giulio Cesare. Freyre sorrise nel suo modo insieme divertito e pieno di distacco. In realtà gli stavo mentendo, almeno in parte. La squadra in cui giocavo terzino si chiamava Work in Progress, mentre P.N.M. Giulio Cesare, come Svevo sapeva bene, era solo uno dei nomi scartati per troppa irriverenza insieme a Poca Fatica, Alcolico Mineiro o Seghe Elettriche, all'atto della sua fondazione. Ma pensavo che quel nome sarebbe piaciuto a Freyre, perché le promesse non mantenute erano un altro argomento molto caro alle proiezioni di se stesso con cui animava i suoi romanzi. Fatalmente, il tema del rimpianto sportivo suggerito da quel nome lo portò a lamentarsi del suo decadimento fisico, senza peraltro che gli venisse in mente di associarlo alla giovinezza sregolata di cui parlava con tanta nostalgia. Confessò invece che un tempo era stato considerato un campioncino dello sci, avendo ottenuto un piazzamento di rilievo nell'edizione del trofeo di Topolino vinta da Alberto Tomba, mentre ultimamente si era ritrovato in difficoltà a curvare a sci uniti, a non sopportare più il freddo e le piste lunghe, a provare persino l'umiliazione di spezzarsi una gamba a St. Moritz cadendo su una cunetta come un principiante. "Sto andando in malora", disse; ma, di nuovo, con molta indulgenza nei confronti di se stesso e anche della malora.

Frattanto eravamo giunti al punto cruciale della nostra passeggiata, quello che io avevo intimamente temuto fin dal principio e che a ogni metro avevo con sollievo visto rimandare: l'attraversamento degli Champs-Élysées. Mi è difficile spiegare con esattezza l'angoscia che mi attanaglia quando mi trovo a dover attraversare, a piedi, strade e piazze: non è semplice paura, non è angoscia vera e propria, ma qualcosa che confina piuttosto con la vergogna. Di trovarmi, cioè, ogni volta dinanzi a un'azione la cui dinamica mi è ignota, che tutti sanno compiere correttamente mentre io devo sempre fidarmi di qualcun altro, imitare i suoi gesti, uniformarmi al suo passo, adottare le sue scelte di tempo e i suoi ritmi. Copiando sempre gli altri, non ho mai maturato un metodo autonomo per attraversare le strade, e non ho mai smesso di sperare che il luogo di partenza e quello di arrivo, quando cammino, si trovino sullo stesso lato della strada. La speranza di non dover mai *attraversare*, del resto, è molto simile a quella che provavo da piccolo, all'asilo o al doposcuola, che da un giorno all'altro le maestre decidessero di non farci più ritagliare le figure. Anche quello non ero capace di farlo, non riuscivo mai a concentrarmi abbastanza sui contorni, e finivo sempre per mutilare le figure con profondi fiordi, o a sforbiciare anche ampie porzioni dello sfondo da cui, invece, bisognava separarle. Naturalmente le maestre non smisero mai di farci ritagliare – essendo il ritaglio considerato un'attività altamente formativa –, e quando il mio disagio si fece davvero serio mia madre decise di correre ai ripari con un gesto di sfida. Mi ricamò sul grembiule la scritta "Non so ritagliare", nell'intento di stimolare il mio orgoglio e spingermi a imparare. Al contrario, ricordo quella scritta sul mio grembiule una delle cose più rassicuranti della mia infanzia, perché grazie a essa finivo per essere dispensato dal mio calvario, e mi veniva chiesto piuttosto di dedicarmi alla lettura o al disegno, occupazioni in cui me la cavavo bene.

Mio personale terrore a parte, pensai che l'attraversamento dei Campi Elisi era la prima e forse l'unica azione vera e propria che Freyre, Svevo e io ci trovammo a compiere insieme. Solo dinanzi a quella, al di là delle chiacchiere o dei silenzi, al di là della stanchezza sulle nostre facce o delle pieghe sulle giacche, solo dinanzi a un'azione così esatta era lecito aspettarsi un significato da dare alla nostra passeggiata. In fondo noi tre non eravamo altro che un emblema, un trittico esemplare sulle prime tre età di uno scrittore veramente distinte l'una dall'altra. Svevo lo era della prima in assoluto, l'infanzia totale, direttamente proveniente dalle scoperte entusiasmanti che fanno cambiare dopo ogni libro letto il proprio stile, e nel frattempo istillano il germe che inizia la sua lunga incubazione. Era lo scrittore puro, che non aveva ancora scritto una riga perché era ancora alle prese con i problemi di cui la letteratura si occupa: la solitudine, la distanza dalle cose, la nostalgia, il bisogno d'amore. Ancora riguardato da tutto, ancora immerso nel caos, ancora talmente invulnerabile da doversi occupare da solo della propria dissoluzione. Io, invece, ero già la seconda età, la giovinezza, quella in cui cominciano a realizzarsi i sogni superstiti, avendo già la consapevolezza di quelli perduti per strada. Avevo incamerato le mie prime soddisfazioni e soprattutto le mortificazioni, e dovevo tenere ben salde anche le relazioni superflue fin quasi a sospettare di star sottraendo attenzione a quelle importanti. Freyre, infine, era la maturità, l'età in cui si rimane soli con i propri limiti, e se sono angusti non resta che sbatterci contro, sfornando un romanzo ogni due anni che non sia né bello né brutto, e non vada né bene né male. Era uno scrittore arrivato, arrivato forse ancora prima di partire, perché il successo non aveva potuto dargli nulla che lui non possedesse già. Uno scrittore, e non solo per la giacca, ingobbito o gobbo davvero, per via della quantità di cose già fatte e finite che gli pesavano sulle spalle. Così al di fuori del caos, così poco riguardato da tutto, che si ritrovava a invidiare i problemi degli altri, e a mitizzare i tempi in cui anche lui avrebbe potuto rovinarsi, sciupare la sua bellezza, la sua ricchezza e la sua dose di talento, e invece non l'aveva fatto.

In questa esemplare formazione ci presentammo al semaforo per attraversare gli Champs-Élysées: il mio problema, come sempre, era studiare ogni movimento dei miei compagni, ed essere lesto nell'imitarlo. Ma l'abisso che li separava rendeva impossibile sperare che potessero compiere allo stesso modo anche una sola azione. Il semaforo indicava rosso per i pedoni, e verde per il fiume di macchine che sfrecciavano davanti a noi. Freyre e il suo cane si bloccarono immediatamente sul ciglio del marciapiede, in ossequio alla legnosa figura di uomo rosso che si stagliava nel cerchio superiore del semaforo: né lui né la bestia ebbero la minima esitazione. E non ne ebbe nemmeno Svevo, purtroppo, a ignorare quello stesso segnale e a proiettarsi verso il centro del viale. Com'era logico, avevano due modi completamente diversi di affrontare il problema.

Io, che non ne avevo alcuno, mi ritrovai a dover scegliere in una frazione di secondo se imitare l'uno o l'altro; in pratica, si trattava di stabilire insieme a chi ero stato a passeggiare quella mattina, sotto il sole ai Campi Elisi. Se avevo passeggiato con lo scrittore-bambino, incosciente, invulnerabile, che poteva ancora permettersi il lusso degli spiantati di considerare il rosso e il verde dei semafori come semplici note di colore nella città grigia, o se ero andato a spasso insieme allo scrittore-uomo, autore di romanzi la cui parte più emozionante restava la nota biografica sul risvolto di copertina, condannato a tenere troppo alla propria vita e a non poter mai realizzare il sogno di gettarla via. Forse, se le cose stavano così, allora non ero stato insieme a nessuno dei due, e mi ero avviato da solo verso un ristorante che non potevo permettermi: ma dovendo obbligatoriamente scegliere l'uno o l'altro, come avveniva in quegli istanti, mi ritrovai d'istinto sulle tracce di Svevo in mezzo alla strada, sfiorato da saettanti abitacoli, trafitto dai colpi di clacson, risucchiato dagli spostamenti d'aria.

Perché gli automobilisti parigini rispettano con eguale disciplina tanto il rosso che il verde, e quando il semaforo concede loro via libera sono realmente incapaci di notare sulla loro strada qualche vittima di una realtà più complessa, che non si lascia regolare da semplici impulsi cromatici. Per loro, veramente, io e Svevo in mezzo alla strada *non c'eravamo*; esisteva soltanto la loro fortuna di avere trovato il verde e di non dover interrompere la corsa verso il pranzo. Ma se per Svevo questo aderiva esattamente al suo stato d'animo, e il non esistere in mezzo ai pericoli gli permetteva ancora di scamparvi, per me le cose stavano diversamente, poiché mi accorgevo di stare veramente rischiando la vita, e pensavo a mia moglie, a Roma, che non sospettava di potermi perdere come si perde un gatto. Nonostante vedessi Svevo tranquillo, vicino a me, e imitassi esattamente tutti i suoi gesti, avevo l'impressione che ogni macchina stesse per centrarmi e che la mia fine fosse soltanto una questione di istanti. Una fine che nemmeno Freyre, impalato sul marciapiede, avrebbe osato destinarmi in un romanzo, perché francamente troppo squallida anche per i suoi banali personaggi.

Invece mi ritrovai sano e salvo accanto al mio amico sulla doppia striscia bianca al centro della carreggiata: una zona che, sebbene non offrisse ancora nessuna protezione fisica, era molto più tranquilla. Ebbi persino il tempo di occuparmi di nuovo del sole e della mia stanchezza, e di girarmi insieme a Svevo all'indietro verso Freyre, impietrito sul marciapiede con il suo cane e la sua aria da aristocratico – quella mattina – gobbo. Restammo un poco così, a fissarlo attraverso il fiume di macchine, mentre confermava alla Francia che sarebbe morto di noia e non d'altro, giganteggiando nella ridicola piega sul collo della sua giacca.

Guardai anche Svevo, e in quell'istante fu lui a sembrare a me il modello dell'eroe di un mio possibile romanzo. Un giovane segnato sul volto, prigioniero della doppia striscia in mezzeria degli Champs-Élysées, coi capelli in disordine e la cravatta rovesciata sulla spalla dal vento sotto il sole tiepido; guardava con occhi pieni di tenerezza un uomo che, dall'altra parte della strada, gli insegnava a tenere a se stesso; aveva rischiato la vita ma era sopravissuto, era ancora integro, poteva ancora salvarsi, ed era un mio amico. Poi quell'attimo passò, e la figura di uomo dentro al semaforo cambiò colore, si trasferì dal cerchio superiore a quello inferiore. Tutte le macchine si fermarono per lasciar attraversare Hector Freyre e il suo cane, che scesero dal marciapiede e s'incamminarono tranquillamente verso di noi. Anche noi ripartimmo, per guadagnare l'altra sponda in una quiete che mi parve ineguagliabile.

Appena raggiunto il marciapiede ci voltammo di nuovo verso Freyre, che oltrepassava in quel momento la striscia bianca al centro del viale. Non s'affrettava, aveva tutto il tempo.

– Guardalo – disse Svevo – È splendido. Lo scrivi tu un racconto su come attraversa col verde?

– Scrivilo tu – risposi – che provi nostalgia di tutte le cose che vedi.

Macché. Non l'ha mai scritto.

Un pesce rosso

È SABATO POMERIGGIO e sono disteso sul letto, a fumare, nella camera che è la mia da quando mio fratello Gino se n'è andato a Roma. Non è né il primo né l'ultimo sabato che passo così, si tratta di una regola, ormai, tanto che alle volte mi chiedo se non sia il caso che me ne vada anch'io. Ma dove? Per andarsene bisogna avere degli interessi, delle esigenze: Gino ne ha sempre avuti, io no. Io sembro fatto apposta per vivere in questa città, e non è nemmeno vero che sono uno scansafatiche come dice mia madre, è solo questione di tempo: ho vent'anni, sono perito chimico, prima o poi troverò lavoro in qualche tintoria e sgobberò dieci ore al giorno tra i fumi dei coloranti e le pozzanghere d'acqua marcia, come succede a tanta gente di qui. Solo, non mi sembra il caso di precipitarmici.

A dirla proprio tutta, anche per occupare una camera grande come quella di Gino bisognerebbe avere interessi ed esigenze che io non ho. A me tutto questo spazio non serve, mi bastano il letto e un bel portacenere, più il gioco delle freccette per passare il tempo; ed è un tempo, il mio, che va più lento di quello di Gino, e quando è passato non lascia nessuna traccia, salvo qualche tacca sul muro se con una freccetta manco il bersaglio. Per questo motivo anche se mi sono trasferito nella sua camera non ne ho affatto preso possesso. Gino ormai viene sempre più di rado, ma io non ho toccato nulla delle sue cose rimaste lì, e le rare volte che viene torno nello stanzino come quando abitava qui, e gli lascio il suo posto. Lui però deve aver perso interesse per le cose che ancora riempiono la sua stanza, e credo non si accorga nemmeno se io le tocco o non le tocco. Per esempio, è stato un fissato delle radiotrasmittenti, passava la notte a parlare con dei tali in Argentina, Sudafrica, Nuova Zelanda. Ha piazzato sul tetto una grande antenna che disturbava tutte le televisioni del quartiere e la stanza l'ha riempita con i suoi marchingegni che ora rimangono qui, coperti di polvere e forse guasti. Ma non mi è mai venuta voglia di sbaraccarli, e anzi sotto sotto spero che un giorno o l'altro, durante una delle sue visite, Gino rimetta tutto in funzione e ripassi una notte a parlare con i suoi amici sparsi nel mondo, come ai vecchi tempi. Ammesso che siano ancora là, s'intende. Nemmeno ho toccato il planetario appeso al muro davanti alla radio, pieno di spilli infilzati e di nomi in codice scritti ordinatamente col normografo, e i due mappamondi luminosi mi limito ogni tanto ad accenderli e a farli ruotare lentamente. Sulla lavagna attaccata dietro la porta c'è ancora l'ultima frase che Gino ci ha scritto, "OGGI, 1 MAGGIO 1994, È FINITO IL GUSTO DI VEDERE LA FORMULA 1". Morì Ayrton Senna, quel giorno, e davanti alla televisione Gino pianse come un bambino, anche se forse non è questa l'espressione giusta, perché io *ero* un bambino, allora, e non piansi affatto.

Gino non ha cancellato quella frase e quando se n'è andato, anni dopo, è rimasta lì. Non la cancellerò certo io.

È un sabato pomeriggio, dunque, e in questa stanza fumo disteso sul letto, pensando a varie cose. Per esempio, che potrei andare a comprare un pesce rosso. È la prima volta che mi salta in mente una cosa del genere e non mi pare affatto campata in aria, un pesce rosso con la sua bella vasca sferica, due o tre alghe di plastica e la sabbia bianca sparsa sul fondo. Anzi, mi sembra proprio una buona idea, per diversi motivi: primo, è pur sempre un modo per impiegare il pomeriggio, secondo non deve costare neanche molto, e terzo si tratta di qualcosa che sento affine a me, in un certo senso. Un pesce rosso.

Squilla il telefono, una, due, tre volte, e capisco che mia madre sta cucendo nello stanzino e non sente (sta diventando sorda, davvero). Così mi alzo, lasciando in sospeso il mio progetto, e vado a rispondere io.

– Buonasera – dice una voce di ragazza – Sono Lilli Papa, vorrei parlare con Gino.

– Mi dispiace – rispondo – Gino è a Roma.

– Lo so, ma non torna per il fine settimana?

– No, non torna.

– Ah, peccato – dice la ragazza.

Intanto mi sono messo a pensare a quel nome, Lilli Papa, perché non mi pare nuovo, anzi mi pare vecchissimo: una specie di preistorica fidanzata di Gino, Lilli Papa. Dev'essere così.

– Se vuole posso darle il numero di Roma – dico.

La ragazza non risponde, e io penso che sia caduta la linea. Invece dopo un po' ecco che parla di nuovo, anche se il tono della voce è diverso.

– Sei Paolo, tu? – più confidenziale.
– Sì.
– E non ti ricordi di me?
– Sì, mi ricordo – ma non è del tutto vero.
– E mi dai del lei? – ridacchia.
– Be', è stato perché lì per lì...
– Senti un po' – m'interrompe – Che fai oggi pomeriggio?
– In che senso?
– Nel senso se hai impegni.
– Impegni? No.
– Perché non vieni a trovarmi?
Stavolta sono io a rimanere zitto.
– Pronto? – dice Lilli Papa.
– Sì.
– Hai sentito quello che ti ho chiesto?
– No – dico, tanto per dire qualcosa.
– Ti ho chiesto di venirmi a trovare.
– Perché?
– Eh, perché, perché... Quante domande. Vuoi venire o no?
– Non so nemmeno dove abiti.
– Vicino. Che ore sono?
– Le tre e dieci.
– Ci metti dieci minuti.
Mi spiega la strada. Per non perdermi, mentre lei spiega mi faccio una mappetta su un foglio dell'agenda, perché si tratta dei quartieri nuovi, un po' fuori mano, e io non li conosco molto bene.
– Allora siamo intesi – mi dice alla fine – Vieni subito, però.

– Va bene.

Riattacco e cerco di ricordare meglio. La storia tra lei e mio fratello risale a molti anni fa, davvero molti, forse non era nemmeno morto Senna. Qualche volta dev'esser venuta qui a casa, anche se non riesco a ricostruire i suoi lineamenti, e tutto ciò che ricordo è semplicemente il nome: Lilli Papa. Sarà bella? Gino ha sempre avuto ragazze belle. È uno che piaceva molto, di quei tipi che una ragazza preferisce morirci dietro senza speranza piuttosto che accontentarsi, poniamo, di uno come me. Forse Lilli vuole parlarmi di lui, penso, magari lo ama ancora e si vuole sfogare. I sabato pomeriggio sono delle brutte bestie, in questa città, se non hai il giro giusto e amici che ti distraggano il cervello: come nulla puoi essere travolto dalle malinconie, anche a distanza di anni. Sul serio.

Nonostante questa convinzione, prima di uscire mi lavo con cura dappertutto: non si può mai dire, nel mondo, e penso che è bene evitare brutte figure, perché non è che mi lavi molto spesso. Poi prendo la macchina di mia madre e con l'aiuto della mappetta raggiungo la casa di Lilli Papa. Non è un brutto quartiere, ci sono pochi palazzi, nuovi e sfalsati, con rispettabili giardini d'erba tutt'intorno. I nomi delle strade sono anche più importanti che in centro, tipo via Pirandello, via Marie Curie e gente del genere: dei veri geni, che però hanno il torto d'esser morti quando delle città restavano da costruire solo le periferie. E quanto all'esser fuori mano mi rendo conto che si tratta di un concetto relativo, perché rispetto a quello che è andato a prendersi Gino, a una vita diversa da questa e a gente diversa da Lilli Papa con cui passare il sabato pomeriggio, non è che quel quartiere sia più fuori mano di casa mia, che sta proprio sul Corso e basta affacciarsi alla finestra per vedere la gente che passeggia in su e in giù fino all'ora di cena.

Al campanello ci sono due targhette affiancate con scritto Papa: ma in una c'è scritto Ing. Papa, e allora io suono all'altra. Magari hanno diviso la casa e Lilli adesso sta da sola, come capita in tante famiglie, quando i figli crescono. Per convincere Gino a non andarsene la mamma propose di dividere anche la nostra casa, così che lui potesse stare per conto suo con le sue esigenze: ma a parte il fatto che di spazio da dividere ce n'era poco, era proprio da questa città che Gino voleva scappare.

Nessuno mi apre, intanto, e così suono al campanello di Ing. Papa. Forse Lilli non è ancora abbastanza autonoma, penso, o forse ha anche lei un fratello più grande che si è beccato l'altra casa, mentre lei rimane con la famiglia. Ma poi riconosco che noi maschi alle volte siamo proprio retrogradi, riguardo alle donne: non potrebbe essere Lilli l'ingegnere della targhetta? Tra l'altro, il nome sembra scritto da poco. Come Gino si è laureato in lettere può essersi laureata lei in ingegneria, e magari il progetto per la divisione dell'appartamento è stato il suo primo lavoretto da professionista. A mio fratello sono sempre piaciute le ragazze studiose.

Questa volta l'apriporta scatta, e io entro. Ma appena messo piede nell'ingresso del palazzo un cane mi assale e mi lecca tutto, da capo a piedi, mentre Lilli Papa compare sulla porta di casa, a pianterreno.

– Stai tranquillo – mi dice – Non morde.

È appoggiata allo stipite, completamente vestita di azzurro, con lunghi capelli castani sciolti sulle spalle, ma non ho modo di squadrarla molto bene, perché il cane seguita a leccarmi e anche se non morde io sono, insomma, un po' teso.

– Lucrezio! – grida Lilli – Piantala!

Il cane non obbedisce, e lei deve agguantarlo per il collare per tirarlo via.

– Scusa – mi dice, ma poi lo lascia e il cane ricomincia subito a leccarmi.

A me viene spontaneo darle la mano, come per presentarci, ma non è una buona idea. Lei scoppia a ridere e mi lascia lì come un salame, sulla porta, con la mano tesa tutta leccata dal cane.

– Vieni – mi fa – entra.

Anche la casa è azzurra, letteralmente imbottita di moquette. È arredata moderna, con un certo buongusto, ammesso che io sappia riconoscerlo. C'è un giradischi acceso con della musica che non conosco, e un'odore dolciastro nell'aria, come d'incenso, non so, di ceralacca, o che altro. (A ogni modo non è erba, quella è una delle poche materie in cui sono competente.) Il cane continua a saltarmi addosso mentre Lilli mi scorta in uno studio ingombro di libri e mi fa sedere su un divanetto.

– Sei ingegnere? – le chiedo, per rompere il ghiaccio.

Lei scoppia a ridere un'altra volta.

– Ingegnere io? Ma come ti salta in mente?

E ridere.

– Be', ho letto sulla targhetta...

– Bravo, e non hai pensato che l'ingegnere potrebbe essere mio padre?

– Se è per questo potrebbe essere anche tua madre – dico, per cercare di spiegarle il concetto.

– Seee, mia madre! – ride ancora più forte – Ingegnere mia madre! Ma che discorsi fai?

– Era per dire che certe volte noi maschi... – ma lei sta singhiozzando dal ridere, con le lacrime agli occhi e tutto, e lascio perdere.

Il cane, nel frattempo, mi ha portato una palla rossa e guaisce.

– Lucrezio! – dice Lilli Papa – Basta, ora! Non vuole giocare con te, hai capito? Non vuole!

Non so che razza di cane sia, e forse non c'entra molto, ma è *azzurro*, proprio così, è azzurro come lei e in un certo senso le somiglia. Guardo Lilli prenderlo per il collare e trascinarlo fuori dalla stanza, poi tornare di corsa e chiudere precipitosamente la porta. Ha una gonna dritta fino al ginocchio e due gambe tirate, da atleta; una maglia paricollo di lana, sotto la quale il seno (che è la cosa più importante di tutte, per me), sembra abbondante; il viso è abbronzato, sebbene si sia a febbraio. Appena fatto un passo, però, torna indietro e apre di nuovo la porta.

– Meglio lasciarla aperta – osserva – Se torna mia madre chissà cosa pensa.

Rientra il cane, con la palla coperta di bava tra i denti.

– Penserà che volevamo lasciar fuori il cane.

– Appunto... E poi così la sentiamo arrivare.

Si siede accanto a me sul divanetto, e comincia a fissarmi senza dire una parola. Dopo un po' che va avanti così mi viene spontaneo distogliere lo sguardo e lo getto sul cane, che lei continua ad accarezzare. È in quest'attimo che sul suo polso vedo la cicatrice, lunga e sottile.

– No – intima lei – Guardami in faccia.

Ci siamo, penso. Ha un'espressione luciferina negli occhi, che sono verdi, allungati, e in un altro momento uno li potrebbe anche trovare belli.

– Quanti anni hai? – mi chiede, senza smettere di fissarmi.

– Diciannove. Quasi venti.

– E come mi trovi?

– Bene – rispondo – Ti trovo bene.

– Secondo te io sono bella?

Ed è proprio questo il punto. Bella è bella, ma vorrei dirle che con quel modo di fare nessuno sembra bello, se proprio vuole il mio parere. Invece taccio.

– Su – incalza – Sinceramente.

– Sì, sei bella – dico.

– E ti piaccio?

– Sì.

– Ti piaccio quanto?

– Tanto.

Adesso ho anche un po' di paura, che mi aizzi contro il cane, se puta caso mi scappasse detto qualcosa che non le torna. Con la coda dell'occhio cerco di guardare ancora il suo polso, ma è nascosto sotto il collo del cane.

– Paolo – dice.

D'un tratto mi afferra una mano e se la porta al petto, affondandola tra i seni. Sono proprio dei bei seni, tondi e gonfi come li ho immaginati sotto il pullover, anche se io ho un certo ritegno a palparli per bene. Lei continua a tenerci premuta contro la mia mano, mentre mi guarda con quell'aria quasi vendicativa negli occhi.

– Ti piace così? – chiede.

– Sì.

– Ora fammi godere – ordina, guidando la mia mano sotto la gonna.

È tardi per spiegarle che non mi piace proprio per niente, così. Magari si offenderebbe e chissà come potrebbe reagire. E poi anch'io, penso, non posso permettermi di fare tanto il difficile: non ho mai incontrato una ragazza che mi ordinasse una cosa del genere, invece di farmi trottare come un dannato anche solo per uscire una sera insieme e poi non combinare nulla.

Così comincio a frugare, con le dita oltrepasso un paio di elastici piuttosto stretti, contorco la mano quanto mi è possibile e faccio del mio meglio, davvero, ma non so se la sto accontentando. D'altra parte è lo stesso dubbio di sempre. Solo che a un certo punto Lilli Papa chiude gli occhi, e così io posso distogliere i miei, ed è un sollievo. Il suo polso è di nuovo in vista, rovesciato sul divanetto, e posso guardare bene la cicatrice per qualche momento: è un taglio sottile, preciso, pare fatto col bisturi da un chirurgo. Dev'essere rimarginato da diversi anni, ormai. Lei non si muove più, e rimane immobile, con gli occhi chiusi, concentrata, mentre io le faccio quello che mi ha ordinato ma certo non è che me ne venga una gran soddisfazione – voglio dire, né a me né a lei: non un gemito, non un sospiro, sembra addormentata. Se anche gode si tiene dentro proprio tutto.

Poi, di colpo, allontana la mia mano, me la restituisce, si può dire, come si fa con un accendino dopo averlo usato. Riapre gli occhi, si ricompone, rimette a posto la gonna, raccoglie le mani in grembo e reclina la testa sul divano, in una posa che diventa subito terribilmente malinconica. Rimane un bel po' di tempo così, muta, guardando fisso per terra, senza muoversi e quasi senza respirare, mentre il cane ha ripreso a leccarmi la mano con un'avidità che è imbarazzante, ora, considerando da dove l'ho tolta. E senza neanche quell'innocenza che si pensa gli animali dovrebbero avere.

– Tu quanti anni hai? – mormoro, più che altro perché quel silenzio sta diventando sinistro. È chiaro che ne avrà ventotto, ventinove, considerando che Gino ne ha compiuti trentuno da poco. Ma lei non risponde, rimane silenziosa e lontana nella sua posa languida, e allora mi viene l'istinto di baciare quella sua bocca socchiusa. Ma è uno sbaglio perché appena le mie labbra arrivano a sfiorare le sue Lilli Papa si drizza di scatto e riprende a fissarmi: e c'è del disprezzo, ora, nel suo sguardo, che mi sorprende perché in fondo, in confronto a quello che abbiamo fatto poco fa, cosa sarà mai un bacio. Non che mi importi, ma disprezzarmi mi sembra esagerato. Poi però penso che forse, ai suoi occhi, sono il fratello del ragazzo per il quale si è svenata, e da quel punto di vista si spiega anche il disprezzo.

– Intendiamoci bene – ringhia – Noi *non stiamo* insieme.

– No, certo – rispondo.

– Non è successo nulla, intesi? – è perentoria – Noi non ci siamo mai visti.

– Tanti anni fa – faccio – Ci siamo visti tanti anni fa.

– No! Non ci siamo *mai* visti!

– Va bene. Mai.

– E ora vattene! Io non ti conosco, non ti ho mai visto, che ci fai in casa mia? Lucrezio, vieni qua!

Esco di casa da solo, non mi accompagna, e nemmeno il suo cane azzurro viene a sbavarmi dietro. S'è messo a piovere. Sul tetto della macchina raccolgo una manciata di goccioline e mi lavo la mano, poi torno a casa.

Sono le quattro e venti quando rientro nella stanza di Gino. Il sabato pomeriggio è ancora lì, spalancato e vuoto, tutto intero davanti a me, e in più ora l'idea di comprare un pesce rosso non mi convince più. Bisognerebbe cambiargli l'acqua, dargli il mangime tutti i giorni, e io non credo di esserne capace. Sul planisfero guardo il mondo diviso in spicchi dai fusi orari, e penso allo spillo piantato su Auckland, Nuova Zelanda, penso a quel tale che parlava con Gino per radio: dorme di sicuro, laggiù sono le tre di notte.

ELEMOSINA PER ME STESSO

CARO MIKE TYSON, tu certo non te lo ricordi ma io una notte, nella calca di un locale di New York, ti sono venuto a sbattere contro. Fu durante il tuo periodo d'oro, pochi giorni dopo che avevi demolito Tyrell Biggs; portavi un basco nero, e all'impatto risultasti duro come la faccia di un diamante. Fu colpa mia, non ci sono dubbi, da dodici giorni non badavo a dove mettevo i piedi e non era la prima volta che andavo a sbattere contro qualcuno. Devo anche averti fatto male, perché ricordo che ti portasti le mani al naso, dove il mio mento aguzzo ti aveva colpito, essendo la statura l'unica voce alla quale il mio corpo supera il tuo. In realtà era successa una cosa importante proprio in quel momento, e ora vorrei spiegarti tutto, e mostrarti quanto, in fondo, io sia stato debitamente punito per il piccolo dolore che quella botta ti ha procurato. Ci tengo a dirti che non scappai, quella volta, ma semplicemente avevo trovato Susanna.

Devi sapere che Susanna era una ragazza speciale, di quelle che non toccano mai alla gente come me, ma piuttosto a gente come eri tu, caro Tyson, a quell'epoca –

ricca e famosa; per una volta nella vita anch'io avevo avuto tra le braccia una ragazza così, ma non avevo saputo comportarmi, e l'avevo perduta. Peggio ancora, l'avevo ferita. Nei convulsi giorni di fine luglio passati insieme a lei non ero mai riuscito a manifestare la mia felicità, m'ero semplicemente sentito piccolo e insignificante, incapace di spiccicare parola, e mi ero finto l'opposto di quello che sono. Non so se a te è mai capitata una cosa del genere, se puoi capirmi. Quando Susanna mi disse che partiva per New York, per una vacanza già stabilita da prima che ci incontrassimo, io le risposi semplicemente "È una buona idea". Mi propose di raggiungerla là, e io dissi che non potevo. Cercò di lasciarmi l'indirizzo, il numero di telefono dell'appartamento, ma io dissi ancora di no, che non c'era motivo. Mi chiese di accompagnarla almeno all'aeroporto, ma io dissi di avere da fare, e lei pianse. Forse non mi amava, e forse nemmeno io l'amavo, ma la realtà era che desideravo tutto ciò che avevo rifiutato, e non avevo da fare proprio niente quella mattina. Infatti la passai tutta intera alla rete di ferro che delimita l'aeroporto di Fiumicino, a guardar decollare gli aerei vicino a un gruppo di giovanotti che si strizzavano i genitali a vicenda, e dentro di me ruggiva un vulcano.

Ora è strano, ma io non so dirti, esattamente, perché mi comportai così. Ricordo solo che per qualche momento, quella mattina, mentre saliva il mio magone, mi sentii orgoglioso del dolore che avrei dovuto sopportare, come se l'avessi già sopportato. Per qualche momento, sì, credo di essermi sentito un duro, un duro come te, e come certo io non ero mai stato, né sarò mai.

Il giorno dopo, infatti, ero già a sbraitare dentro un'agenzia di viaggi, pretendendo che mi trovassero un posto su quegli aerei stracolmi che vanno in America d'agosto. Ma non c'era un solo posto libero nemmeno in prima classe.

Quattro giorni di "standby", caro Tyson, sbattuto sulle seggioline di un aeroporto, tu non saprai mai cosa sono. E nemmeno l'assurda rotta della Jat, che da Roma, per andare a New York, faceva scalo a Dubrovnik, Zagabria e Belgrado, nemmeno quella credo che conoscerai mai. E dubito che tu abbia mai percorso in lungo e in largo una città così disperatamente, alla ricerca di una persona che potrebbe essere dovunque: una città, oltretutto, che per anni avevo sognato di visitare, un giorno, non sospettando in che modo mi sarebbe accaduto di farlo.

Però non ero solo. Un mio amico aveva una fidanzata indossatrice a New York, alla quale mi aveva affidato: unica condizione, che non dormissi a casa sua, perché era geloso – era più forte di lui e a ripensarci era un bell'imbecille, quell'amico, perché sapeva bene che non avevo soldi e la sua fidanzata mi avrebbe ospitato volentieri. Così presi una camera al Chelsea Hotel, quello maledetto, dove Sid Vicious ha fatto fuori Nancy, che è lurido e puzza di cane fradicio ed è pieno di vecchi che vomitano per terra, ma costa quanto un albergo a quattro stelle. La ragazza del mio amico fu comunque molto gentile con me, questo devo dirlo: lei in quei giorni non usciva di casa per via di certi ritocchi che si era fatta fare da un chirurgo plastico, ma mi presentò alle sue amiche perché mi portassero in giro. Tutte indossatrici come lei, hawaiane, brasiliane, dai nomi esotici come Sheeba o Dalma: ragazze spettacolose, certo, che io non avevo mai visto prima in carne e ossa ma soltanto sfogliato con una punta di dolore nelle pubblicità delle riviste. Eppure non le guardavo nemmeno. A loro chiedevo semplicemente di portarmi dappertutto e loro, momentaneamente senza lavoro e sempre un po' fatte, mi ci portavano.

Quello dove ci siamo scontrati era solo l'ultimo dei locali in cui avevo speso le mie notti, dopo giornate di galoppo nei musei, di corse in cima ai grattacieli, di ispezioni dentro ai grandi magazzini, attento a non farmi sfuggire nemmeno un volto, nemmeno uno, dei milioni che mi sfrecciavano accanto. Attorno a me sfavillavano le luci, il denaro si spargeva, bruciavano le droghe e risuonavano musiche ipnotiche: di certo non mi succederà più di fare una vacanza del genere, ed è triste pensare che in fondo non mi è successo nemmeno quella volta. Ma la necessità di rimediare, se ero ancora in tempo, e cancellare l'idea di me che Susanna s'era fatta, era un'angoscia che ricopriva tutto: era il bisogno assoluto di rivederla e abbracciarla e dirle "Forse non ti amo ma sono un debole, un perdente, e sei tu che devi ferire me". Questo lo capisci anche tu, ne sono certo, perché ognuno di noi può sopportare solo il dolore che gli è proprio, e solo alle vergogne che gli appartengono può trovare consolazione.

Ecco com'ero capitato nel locale in cui ti sono venuto a sbattere contro, caro Tyson: le mie indossatrici erano amiche della ragazza vestita da poliziotto, fuori dalla porta, che manovrava la corda rossa per ammettere solo quelli che le andavano a genio. Era l'ultima notte che passavo a New York, il mio biglietto jugoslavo imponeva il ritorno per l'indomani. E io mi ero detto che per disperarmi avevo tutto il tempo una volta ritornato a casa, e per quell'ultima notte bisognava insistere, senza scoraggiarsi, senza farsi sfuggire nemmeno un volto. Sono certo che questo lo capisci, caro Tyson: si chiama tenacia. Ed è stato proprio perché la mia tenacia è stata premiata che ti sono venuto addosso. Finalmente avevo trovato Susanna. Solo per quello sono scappato via, dopo l'urto: per non perderla di nuovo. Era Susanna, era lì, e ballava nei lampi d'argento.

Voglio raccontarti anche com'è andata a finire, a questo punto. Susanna era accompagnata da certi bei ragazzi e sembrava serena, intenta solo a divertirsi. Puoi immaginare quanto fu stupefatta, quando le comparvi davanti. Parlammo un poco, in quel frastuono, le bocche incollate agli orecchi e il suo profumo che tornava a intontirmi, ma non ricordo con esattezza cosa ci dicemmo. So solo che cinque minuti dopo ero fuori, nell'aria stagna dell'agosto newyorchese, con il suo indirizzo scritto su un sottobicchiere e un appuntamento per le tre di notte a casa sua. Non avevo nemmeno salutato le mie indossatrici; mentre Susanna, questo lo ricordo, mi aveva chiesto il tempo di liberarsi dei suoi amici con un po' di educazione.

Erano le due e un quarto e mi misi a passeggiare, euforico, da SoHo verso il Greenwich Village. A ogni mendicante che incontravo davo un dollaro, ma arrivato a Washington Square i mendicanti aumentarono, e i miei dollari diminuirono in fretta. Finì che me ne rimase uno solo, oltre a una banconota da cinquanta, e decisi di darlo a un cieco fermo sotto un lampione, che mi ringraziò e mi disse "Dio ti benedica, fratello". Subito dopo m'imbattei in due ragazzini di colore, esili, per cui tu dovevi essere un autentico idolo, con due bastoni da kendo tra le mani: anche loro mi chiesero soldi, ma questa volta alzai le spalle e passai oltre. Fatti due passi sentii una frustata sulle cosce e caddi in ginocchio. Alzai le braccia per coprirmi il viso, e una bastonata in pieno petto mi mozzò il respiro. Una terza bastonata mi colpì alle spalle. Pensai: "Mi uccidono". I ragazzini sbraitavano, inferociti, ma smisero di bastonarmi e cominciarono a frugarmi addosso. Presero i cinquanta dollari, mi vuotarono le tasche e se ne andarono saltellando all'indietro, insultandomi e facendo roteare le mazze.

Io ero intontito, incredulo. Un dolore fortissimo al costato mi impediva quasi di respirare. Il mondo s'era fatto pesante, sul mio corpo.

– Fratello – udii – Fratello, tutto bene?

Vidi il cieco, che si era bloccato a pochi metri di distanza, brancolarmi incontro. Mi alzai, piegato in due dal dolore, e il cieco mi venne davanti.

– Ti hanno picchiato, fratello? Ti hanno derubato?

– Sì – sussurrai.

– Sei in piedi? Ce la fai a camminare?

– Sì...

Lo guardai meglio. Era giovane, muscoloso, eppure disfatto. Non portava occhiali, e due occhi rossi gli galleggiavano nelle orbite come bussole smagnetizzate. Lo vidi mettersi una mano in tasca, e cavarne un mucchio di banconote da un dollaro tutte accartocciate.

– Tieni, fratello – mi disse – riprenditi il tuo dollaro. Per la metropolitana.

Tese la mano che stringeva le sue elemosine e dinanzi a quella mano, rantolando, bastonato sotto gli occhi di un cieco, sentii d'esser tornato definitivamente me stesso.

Un perdente, caro Tyson, un debole. Non avrei più incontrato Susanna: i due ragazzini si erano presi anche il sottobicchiere con il suo indirizzo. Sfilai un dollaro da quella mano santa e ruzzolai fino alla metropolitana, la famosa metropolitana di New York, dove solo due tipi di individui possono sopravvivere dopo l'una di notte: quelli che sanno difendersi, e quelli che da difendere non hanno più nulla. Quelli come eri tu, a quel tempo, e quelli come me. Poi tu hai fatto la fine che hai fatto, e anche a me non è che abbia detto un gran bene. Che Dio ci benedica, fratello, tutti e due.

Le gatte

Avevo diciott'anni, era settembre. La prospettiva di andare a Viareggio e passare il pomeriggio a casa della mia ragazza mi arrapava appassionatamente, e prima ancora di partire ce l'avevo già duro. La mamma mi diede cinquantamila lire, mi disse qualcosa riguardo alle sospensioni della 127, si raccomandò che andassi piano, ma io non l'ascoltavo. Con i miei pensieri ero già arrivato a destinazione e stavo già facendo l'amore con Elena; trafficavo, palpavo, esploravo, mentre lei, meravigliosa, mi lasciava fare. Anche in macchina, mentre raggiungevo l'autostrada, la periferia di fabbriche che mi sfilava sotto gli occhi io non la vedevo. Vedevo solo carne, ciglia, cosce, capelli e capezzoli, e per poco a una rotonda non tamponai un furgone. Da quando Elena si era messa con me, d'altra parte, quella perpetua tensione concentrata dentro ai pantaloni non era più una tortura – al contrario, mi faceva sentire inviolabile, al sicuro, e pareva davvero che non ci fosse nulla da soffrire, nel mondo, se era vero che il mondo conteneva anche Elena e anche i posti, e i pomeriggi, in cui io potevo restare solo con lei.

Principalmente accadeva nelle sue case. Ne aveva tre, tra città, mare e campagna, tutte meravigliosamente vuote. Elena era quel genere di figlia unica che i genitori viziavano semplicemente non curandosi di lei. La lasciavano sempre sola e libera di fare come voleva, non s'era mai capito dove fossero. Erano ricchi, viaggiavano. La casa di Prato, dove Elena abitava d'inverno, era un grande appartamento in cima a un elegante condominio, sempre pulito, in ordine, profumato e vuoto. Non c'erano nemmeno donne di servizio, niente, un mistero. Io mi ci precipitavo appena potevo, a tutte le ore, e sembrava sul serio che tutto quel ben di Dio fosse stato concepito per la mia esclusiva felicità, compresa Elena che vi regnava indisturbata. Lei si faceva trovare sui divani, o nella mansarda, con la televisione accesa, le finestre aperte se era caldo, le tende tirate, la sua rossa bocca eternamente in movimento a ruminare gomma americana. Era al corrente di ciò che mi accadeva soltanto a pensarla, gliel'avevo confidato. Appena arrivavo si toglieva delicatamente la bocca americana dalla bocca, la avvolgeva nella carta stagnola che aveva conservato, e la metteva in un portacenere. Quello era il segnale. Subito dopo cominciavano a succedere cose sublimi, incredibili per me, eppure tutte vere ed esattamente uguali a come le avevo sognate fino a un momento prima.

Tutt'al più, certe volte, in casa poteva esserci suo nonno, ma era abbastanza vecchio e arteriosclerotico da non accorgersi di nulla. Come un bradipo, si muoveva lentissimamente nella sua stanza aspettando le ore dei pasti, e a volte ce lo rinchiudevamo a chiave senza che lui nemmeno se ne accorgesse. Anche quel pomeriggio ci sarebbe stato, Elena era rimasta a Viareggio per fargli compagnia. L'avremmo mandato a fare una passeggiata sul lungomare, e ci saremmo inventati qualcosa da fargli comprare in un negozio vicino alla darsena, in una di quelle strade tutte uguali dove lui perdeva l'orientamento.

Imboccando l'autostrada pensavo al vecchio che alla fine ritrovava la via di casa ma non aveva le chiavi, e allora suonava, suonava, suonava, e noi non gli aprivamo perché non avevamo ancora finito. Poi, con comodo, gli avremmo aperto, gli avremmo spiegato che non aveva premuto bene il campanello. Ce ne saremmo andati in pizzeria coperti di succhiotti e poi, nella notte, io sarei ritornato a Prato. Per qualche giorno, tra seghe e telefonate, avrei tirato avanti, e finalmente lei sarebbe tornata in città per l'inizio della scuola.

Appena entrato in autostrada, con questi pensieri per la testa, una pattuglia mi fermò con la paletta. Ci furono un po' di discussioni perché non trovavo i documenti della macchina della mamma, ma poi era tutto a posto. Solo, quei poliziotti si misero a fare un'ispezione molto minuziosa, esaminarono dappertutto, e alla fine stabilirono che la 127 aveva la targa illeggibile. In effetti era sporca di fango, e i numeri non si vedevano perché erano coperti di nero. Con uno straccetto cercai di ripulirla, ma il nero era incrostato e non veniva via. Ci voleva la trielina.

– Mia mamma lavora in una zona che non è ancora asfaltata – spiegai – Ecco perché.

Poi il fango si mescolava ai fumi neri delle ciminiere e ai residui dei coloranti, lo sporco s'impastava e non andava più via. Ma i poliziotti non vollero sentire ragioni, e mi fecero una multa di diciassettemila lire. Io non la pagai, mi feci fare il verbale: le cinquantamila che mi aveva dato la mamma erano giuste giuste per la benzina, l'autostrada e la pizzeria. Anche se Elena era ricca, ci tenevo a pagare io, nei posti. E ripartii. Tutte quelle seccature, in fondo, non avevano minimamente modificato la situazione: Elena mi stava ancora aspettando, avremmo ancora passato il pomeriggio da soli, e io ce l'avevo ancora duro.

Non ero abituato a una felicità del genere. Prima di Elena avevo fatto l'amore con una ragazza sola, una campeggiatrice francese con cui avevo dovuto parlamentare a gesti tutta la notte prima che si convincesse. Era ripartita il giorno dopo, e io avevo subito ricominciato a dibattermi nei baretti con i miei amici, come se nulla fosse successo. Normalmente le ragazze che conoscevamo noi si mettevano con quelli più grandi, belle o brutte che fossero, perché si sentivano più mature. Solo se non si sentivano ancora mature si prendevano un ragazzo della loro età, uno come noi, ma allora avevano duemila problemi e non accettavano di farci quasi nulla. Così noi si diventava matti, e ci si esauriva a forza di seghe. Ecco la realtà, nuda e cruda, c'era poco da fare. Poi la comparsa di Elena, e tutto di colpo si è rovesciato. Una ragazza bella, libera, ricca, matura, eppure si era messa con me. Cattolica, perbene, andava nel miglior liceo della città, però si lasciava fare tutto senza cercare scuse. E diceva addirittura di amarmi.

All'autogrill di Montecatini mi fermai. Mentre mi facevano il pieno pensai anche di scendere e mettermi a pulire la targa, ma la cosa mi parve subito ridicola e idiota. Elena mi stava aspettando, c'era tempo di pulire quella targa un'altra volta, visto che oltretutto la multa l'avevo già presa. Il benzinaio mi riconsegnò le chiavi e io gli diedi le cinquantamila lire della mamma per pagare. Invece di farmi il resto, però quello s'era fissato a guardare la mia banconota, da vicino, da lontano, dal basso, dall'alto, e in controluce.

– Queste sono false – fece, sorridendo.

– Vuole scherzare – dissi – Me le ha date mia mamma.

Si rimise a guardare le cinquantamila lire sollevandole in alto, precise contro il sole.

– Questa è la banconota più fasulla che io abbia mai visto in vita mia – ripeté – Fa quasi schifo.

Chiamò un compare e gli mostrò i miei soldi. Insieme si misero a ridacchiare, indicando col dito vari punti della banconota.

– Mi faccia un po' vedere – dissi.

Non che me ne intendessi, ma la faccia dell'uomo illustre, Galilei o Marconi che fosse, sembrava disegnata a matita da un bambino dell'asilo. Quella in filigrana era scentrata e tutta sdoppiata, e la cifra era scritta storta. I numeri erano diseguali, e il colore rossiccio aveva addirittura stinto.

– Senta – dissi – Di soldi ho solo questi.

L'uomo smise di ridere e mi guardò duro. L'altro se n'era già andato a pulire, sghignazzando, un parabrezza.

– Le posso lasciare il nome e l'indirizzo – aggiunsi – Ora devo andare urgentemente a Viareggio.

– Eh no – disse l'uomo – Tu non vai da nessuna parte. Io adesso ho il dovere di chiamare la polizia, e tu te la vedrai con loro. Dammi un po' quelle cinquantamila, per gentilezza.

Il sole era ancora alto, caldo. La mia targa era ancora illeggibile, davanti e didietro. E io ce l'avevo ancora duro. Misi in moto, pigiai sull'acceleratore, e l'uomo scomparve in un baleno dallo specchietto retrovisore. Allo stesso modo sparirono il piazzale, l'autogrill e l'insegna gialla col cane a sei zampe della Supercortemaggiore. Correvo di nuovo verso di lei.

Elena non era nemmeno esperta. Non l'avrei disdegnata, se lo fosse stata, ma non lo era, io per lei ero stato il primo. Forse – su questo però ho riflettuto in seguito – forse non andava nemmeno matta per tutti quei traffici che mi lasciava fare su di lei, ma semplicemente capiva una cosa fondamentale, una cosa che le ragazze normali solitamente non capivano nemmeno se gli morivi davanti: capiva che per un maschio, a quell'età, di certe cose non si può fare senza, che sono assolutamente necessarie. Capiva che quando in quell'abisso buio che era la nostra vita ci si imbatteva in una femmina splendente, i sogni volavano subito così in alto che ogni minimo rifiuto diventava un supplizio. Sognare e non poter fare ciò che si sogna è terribile, e dato che la vita in fondo non è altro che questo – bastava guardare la targa della mia macchina e immaginare mia mamma che in quel pantano andava ogni mattina a lavorare – era straziante doversene accorgere così presto, quando i sogni, ancora, non sono altro che un po' di quella carne misteriosa che ci trema sotto gli occhi e ci toglie il fiato. Questo, per conto mio, Elena l'aveva capito, non so come ma l'aveva capito. Ecco dov'era speciale. Ecco perché, con lei, avercelo duro tutto il giorno non era più una tortura: non era mai vano.

Non avendo altro che quella banconota falsa, al casello di uscita tirai dritto senza nemmeno rallentare, come non ci fosse. Per non perdere tempo. E mi parve che in quel modo le autostrade sarebbero state veramente comode. In fondo è proprio per colpa dei caselli che alla domenica si formano gli ingorghi.

Era una giornata stupenda, luminosa da fare impressione. È proprio vero, solo in settembre possono esserci giornate così. In mezzo al mare luccicava la Gorgona, appoggiata sull'acqua come una barchetta di carta stagnola, ed è un fenomeno raro, questo, a Viareggio. Pareva di toccarla. Le cime bianche delle Apuane rilucevano a specchio, e nessuno in quel momento avrebbe più scambiato il marmo per neve. La palazzina dove abitava Elena era silenziosa e vuota, tutti gli appartamenti ormai sfitti tranne il suo, e anche il lungomare, lì davanti, era quasi deserto con le sue belle palme. Solo pochi vecchi che passeggiavano stancamente, come avrebbe passeggiato di lì a poco anche il nonno di Elena, con una lista di acquisti da fare in tasca. Prima di salire guardai di nuovo la targa della 127, e pensai che se soltanto mia madre avesse lavorato in un ufficio del centro, come desiderava, la targa sarebbe stata pulita, e io forse ancora a discutere di soldi falsi con dei poliziotti a quell'autogrill, mentre Elena mi aspettava lì in casa, preoccupata. Invece ero arrivato, potevo abbracciarla.

Un po' mi vergognavo di averlo sempre duro, e negli abbracci non la stringevo mai molto. Tanto più che c'era anche suo nonno, adesso, che ci osservava dal soggiorno.

– Tutto bene? – gridai, perché era anche sordo.

Elena masticava la sua gomma americana. Da qualche parte, nelle sue tasche, c'era il pezzetto di stagnola pronto ad avvolgerla. Faticosamente, il vecchio si alzò dalla poltrona e mi venne incontro col suo passo da bradipo. Continuava a guardarci fissi, e non parlava.

– Tutto bene? – ripetei.

Il vecchio mi si fece vicino. Non era ridotto molto male, dopotutto. Aveva due occhi celesti ancora vivi, brillanti.

– Com'è il tempo, a Prato? – mi chiese. Ai vecchi interessa sempre, il tempo.

– Bello – risposi – C'è un sole che spacca.

– Come qui – commentò. Poi s'interruppe, riflettendo. Elena aveva un golfino a pelle bello scollato, e una gonna di jeans.

– C'è la Fiera, adesso, a Prato? – mi chiese il vecchio.

Le gambe lisce, dorate, e delle ballerine nere, con un fiocco sulla punta.

– Sì – dissi – C'è la Fiera.

– E voi non ci andate alla Fiera? Voi ragazzi?

– Oh, no – risposi – Non più. Quand'ero bambino.

– Ah – fece il vecchio. Allungò la mano e prese il bastone – Io vado a fare una passeggiata. Avete bisogno di qualcosa?

Io e Elena ci scambiammo una rapida occhiata, e lei fece una smorfia deliziosa col viso come per dire che no, non occorreva. L'avremmo semplicemente lasciato fuori dalla porta, se fosse tornato troppo presto.

– Buona passeggiata – gli dissi.

Il nonno aprì la porta. Io già galleggiavo dentro al golfino di Elena, chiedendomi se avesse o no il reggiseno, se fosse di quelli che si aprono dal davanti o da dietro.

– Certo – disse il vecchio – Ora è facile, per voi... Ora voi ragazzi non avete più bisogno di andare alla Fiera...

S'era fermato sulla porta e ci guardava ancora, amareggiato.

Poi sembrò che se ne andasse e invece fece un passo, un passo appena, e si voltò di nuovo.

– Quando ero ragazzo io bisognava per forza andare alla Fiera... Era l'unico modo per incontrare una donna, l'unico modo... – scosse il capo – E si doveva partecipare ai giochi, per farsi notare, e si doveva vincere, per farsi scegliere...

Ora guardava solo me. Elena mi era a mezzo metro, ma lui guardava me solo.

– Ce n'era uno, di gioco, che bisognava vincere a tutti i costi. Altrimenti...

Smise di guardare anche me. Inclinò un poco il capo, continuando a scuoterlo, e si mise a fissare verso il basso, in direzione dello zerbino.

– Le ragazze catturavano delle gatte. Dovevano strapparle ai gattini appena partoriti, e lasciarle qualche giorno digiune, perché si inferocissero. Poi le appendevano per la coda alle soglie dei portoni. Anche per loro non era facile. Poi a noi ragazzi legavano le mani dietro la schiena, e così legati le si doveva ammazzare, quelle gatte, a testate, davanti a tutti. Era l'unico modo...

I suoi occhi, adesso, erano lucidi. Li gettava su quello zerbino come se ci stessero proiettando tutto intero il suo ricordo.

– Era un gioco antichissimo. Io e la mia povera moglie ci siamo fidanzati così, perché ammazzai la sua gatta...

Rimase ancora un poco immobile, poi si voltò e se ne andò a passeggiare.

Dopo tre mesi morì.

Il ventre della macchina

Oh, Janet, non c'è dolore così brutto
come quello che passa e non c'è più.

Malcolm Lowry

Posso affermare di non aver mai cambiato una lampadina in vita mia. Imprese irrealizzabili, per me, sono la svuotatura dei portacenere, la sostituzione delle cartucce nelle penne stilografiche o delle pile negli apparecchi elettrici. Soprattutto, impensabile mi è sempre sembrato aver cura di oggetti d'indole sfuggente e traditrice come gli accendini. Fin dal tempo in cui i miei genitori si rassegnarono ufficialmente all'idea che fumassi, regalandomi un accendino laccato piuttosto costoso, io cominciai a manifestare la mia incapacità di possedere quel genere di oggetti: lo dimenticavo ovunque, lo perdevo nel flusso perenne che anima ogni luogo ove io abito, e anche quando riuscivo a trattenerlo nelle mie tasche per un periodo più lungo, sopravveniva immancabilmente la calamità irrimediabile: l'esaurimento del gas. Questo evento rappresentava per me la fine di ogni accendino, la sua morte irreversibile. Più volte ho tentato di forzare la mia natura, impegnandomi a concepire l'atto di uscire di casa, raggiungere freddamente un tabaccaio e farlo ricaricare: ma sempre, nel momento di mettere in atto questo proposito, qualcosa di soverchiante mi paralizzava, impedendomi di realizzare l'impresa: un panico profondo, un mancamento, una vertigine, e non semplice pigrizia, come sostenevano i miei detrattori. L'orrore di dedicare tempo ed energie alla materia inerte, sottraendone ai miei pensieri di portata ultraterrena; il terrore di ritrovarmene schiavo, e senza che la mia dedizione venisse riconosciuta o ricompensata in alcun modo. Se di pigrizia si trattava, perlomeno era una pigrizia sovrumana.

Così, fin dai primissimi tempi, ho deciso di servirmi di un accendino finché fosse umanamente possibile, e poi di disinteressarmi della sua sorte, senza rimpianti. Il che mi ha spinto presto nel girone degli accendini non ricaricabili, gli accendini senza qualità, che reagivano alla mia incuria con la propria bruttezza e col proprio mediocre funzionamento. Il mio genio stava proprio nel non curarmi dei loro difetti, poiché collocavo veramente la mia persona a un livello più alto di quello riservato a loro. Mai mi ritrovavo a invidiare amici o conoscenti che facessero sfoggio di un bell'accendisigari, sempre lo stesso a distanza di mesi, e lo azionassero con voluttà, contemplandoselo tra le dita, regolando di continuo la leva dell'intensità del fuoco. Al contrario, una volta inquadrato il piccolo insignificante oggetto compativo la sua eleganza convenzionale, pensavo alle sue interminabili pretese e provavo pena immaginando le umiliazioni cui quegli individui dovevano sottoporsi per ricaricarlo, pulirlo, rifornirlo di una nuova pietrina. Per contro, il pensiero che di lì a poco io avrei dimenticato il mio sul tavolino, e l'indomani ne avrei comprato un altro ancora più insignificante insieme alle sigarette, mi confortava parecchio.

Capitava però che alcuni, incapaci di cogliere la sfumatura decisamente profonda di questo mio atteggiamento, insistessero a regalarmi accendini di valore. Ne ricordo uno d'ottone, a benzina, considerato per un certo tempo, da un certo tipo di persone, "molto fico", forse proprio a causa della sua folle scomodità: per azionarlo bisognava infatti fare uso di entrambe le mani, e per ricaricarlo suppongo si dovesse addirittura andare alla stazione di servizio. A regalarmelo era stata una mia vecchia zia, che fino al giorno della sua morte continuò a chiedermene notizie senza sospettare che lo avessi perduto dopo due giorni. Ne ricordo uno perfino d'oro, dono di una ragazza ricca cui mi legava una tenera, e ricambiata, inclinazione sentimentale: a causa di tale legame fui costretto a mortificanti ritorni in locali, ristoranti o case di amici dove avevo appena dimenticato il pegno d'amore. La cura che ne aveva lei, nei momenti che passavamo insieme, mi obbligava ad averne altrettanta quando ero solo; ma quei recuperi in extremis, quei sorrisi agli amici o quei ringraziamenti ai camerieri che si erano premurati di mettermelo da parte io li ricordo come vere umiliazioni. Per fortuna dopo qualche tempo sopraggiunsero due simultanee fatalità a spezzare le funi di quel doppio giogo: l'esaurimento del gas e la separazione tra me e la ragazza. Da allora l'accendino ha continuato a navigare, scarico, negli spazi del primo cassetto del mio armadio, tra calzini, mutande lise e altri oggetti simili a lui, sui quali avevo ormai perso ogni speranza: un paio di occhiali da sole con una lente rotta, una radiosveglia con le pile esaurite, un portafotografie senza più il vetro.

Così, per anni, la mia vita si è srotolata liberamente tra

un accendino e l'altro, senza nessuna subordinazione alle minuzie della vita. Finché, un giorno che non dimenticherò mai, la straordinaria ostinazione dei miei congiunti a regalarmi accendini mi ha recapitato tra le mani un oggetto che ha cambiato la mia vita.

Fu mia madre, per Natale, quasi due anni fa, a regalarmi l'accendino più stupefacente che si potesse immaginare: appena lo vidi compresi che con lui sarebbe cambiato tutto. Diversamente dagli altri, non ostentava le proprie fattezze: al contrario, le nascondeva. Non sembrava costituito di nessun materiale conosciuto: non era d'acciaio né di altri metalli, ma neppure era di plastica. Non era arrotondato, né aveva spigoli, non pareva lavorato a mano ma nemmeno fabbricato industrialmente. Per qualunque lato lo si appoggiasse su un piano assumeva una forma differente: eretta, obliqua, ricurva, giacente. Il suo colore non era nero, e nemmeno blu, ma una qualche loro misteriosa combinazione che continuava a renderli visibili entrambi. Mi accorsi subito che quello era l'accendino della mia vita.

Sapevo a cosa andavo incontro. Minuzie della vita che si sarebbero accavallate, accanite; tabaccai, riparatori, sapevo che andavo a gettarmi nelle loro fauci. Ma finalmente potevo dimostrare che non di pigrizia si era sempre trattato, per me, durante i lunghi anni dell'incuria, bensì d'*insoddisfazione*. Semplicemente, quei beni che richiedevano una tale pazzia di attenzioni ai miei occhi non ne meritavano alcuna: una volta alle prese con quello giusto potevo ben dimostrare di non essere affatto un giovanotto viziato, ma una creatura nobile che non aveva ancora trovato l'oggetto cui consacrare la propria devozione.

Nel vero senso dell'espressione, *ebbi cura* di quel nuovo accendino. Prima di andarmene da ogni luogo, a ogni ora, la mia domanda era sempre la stessa: "Dov'è il mio accendino?". Non lo dimenticai mai, lo accudii, lo protessi, sperando segretamente che non succedesse anche con lui quello che era sempre successo con gli altri – che esaurisse un bel giorno il gas o la pietrina. Lo studiai. Mi resi conto che l'apparato elettronico di cui era dotato aveva eliminato la dipendenza della fiamma dalle deperibili pietrine: la scintilla scoccava senza derivare da nessun apparente attrito. Ero fiero di lui, e anche di me stesso che riuscivo così brillantemente a governarlo. Nella mia stanza fui capace di tenerlo sempre al sicuro dal flusso di oggetti che, nel corso del tempo, inghiotte e vomita secondo leggi imperscrutabili. Riuscii a superare l'ostacolo dei cambiamenti di giacca, sempre ricordando di prelevarlo dalla tasca di quella smessa per infilarlo nella tasca di quella da mettere – e fu uno sforzo immenso, immenso. Tutto ciò veniva ricompensato dal contatto delle mie dita con la sua superficie indescrivibile – non liscia, non ruvida –, e dall'ammirazione che esso produceva negli altri, tradizionali possessori di accendini tradizionali, quando lo esibivo. Conobbi il germe della gelosia allorché, il mio accendino essendo passato di mano in mano, la fiamma finiva per scoccare a comando altrui, per accendere un'altrui sigaretta, senza che a quel punto fosse più possibile riconoscervi la mia parte di merito. Smascherai un giovane, che si era sempre dichiarato mio amico, nel flagrante tentativo di sottrarmelo: dopo avermelo chiesto in prestito per accendere la sigaretta lo vidi riporlo dietro un elenco del telefono, e quando gli chiesi di restituirmelo mi sentii rispondere di averlo già fatto. Solo il mio grande attaccamento a quell'accendino mi spinse a contraddirlo: per nessun altro oggetto al mondo lo avrei fatto, preferendo di gran lunga lasciargli l'illusione di avermi derubato all'abbassarmi in una contesa così materiale: ma per il mio accendino io mi alzai dal mio posto, raggiunsi l'elenco telefonico e recuperai l'apparecchio, producendo a quell'individuo la prova della sua malafede e apostrofandolo con l'eufemistico epiteto di "distratto".

Una sera, lo ricordo con esattezza, al tavolo di una birreria molto nota nei luoghi dove vivo, un amico mi chiese di fargli fuoco. Il soprannome con il quale era conosciuto, "Squalo", aveva ben poco a che fare con la mansuetudine del suo sguardo e con la pacatezza del suo carattere. Sfoderai il mio accendisigari e glielo porsi con piacere. Lui lo prese in mano, lo osservò, ne lodò le fattezze e, dopo avermelo restituito, mi trafisse con una frase tremenda.

– Stai attento con questo – mi disse – Io ne ho avuto uno simile, *e sono stato costretto a distruggerlo.*

Sul momento sottovalutai la portata tragica di quelle parole, pur conoscendo la saggezza di chi le aveva pronunciate: le presi soltanto per un comprensibile eccesso di lirismo, se davvero un tempo anche lui aveva posseduto una simile meraviglia, e poi l'aveva perduta. Solo in seguito avrei compreso il carattere profetico di quell'ammonimento.

Prima, però, avvenne qualcosa che avevo a lungo temuto. Il mio accendino si scaricò. Invano evocavo e invocavo quella sua fiammella impareggiabile, non triangolare e nemmeno ogivale, premendo disperatamente il tasto deputato. Il povero oggetto era ormai privo di risorse, estinto dall'uso continuo che ne avevo fatto. Un profondo senso di colpa mi afflisse, e per la prima volta mi trovai a dover concepire un rimedio a ciò che avevo sempre considerato irrimediabile. Non restava che una cosa da fare: recarsi immediatamente da un tabaccaio e ricaricarlo. Compii quell'atto in preda alla stessa cieca costernazione che, suppongo, deve sospingere i pellegrini verso i luoghi santi, e tutto mi parve assumere i contorni di un'autentica, sofferta conversione.

Scelsi con attenzione le mani alle quali affidare il mio tesoro, e mi risolsi per un negozio del centro chiamato "La clinica della pipa e dell'accendino", che mi ispirò fiducia. Osservai la titolare, un'enorme donna con fiammeggianti occhi da lupa, introdurre l'ugello della capsula rigeneratrice nelle viscere del mio accendino, poi premere con forza sul flacone, e mi consolò la sua espressione distaccata, professionale, mentre l'operazione veniva consumata. Percepii un lungo sibilo preoccupante, mentre un acre odore di combustibile si spargeva nel locale, inghiottendo gli aromi del tabacco. Infine vidi il gigantesco pollice della donna premere sul tasto con delicatezza, e la fiamma sprigionarsi di nuovo, con la puntualità che mi ero quasi dimenticato. Una fiamma che ai miei occhi era un inno scritto col fuoco, un ringraziamento per avere sfidato la mia indole e avere ridato la vita a un essere. Frastornato dalla riconoscenza, acquistai in quella tabaccheria dolciumi e tavolette di cioccolato di cui non avevo alcuna necessità: quella resurrezione mi era davvero sembrata un miracolo, e quella donna con gli occhi da lupa, una santa.

Ricominciarono i giorni felici. Riflettendo sull'accaduto, imparai ad amare anche la sua dimostrata incapacità di essere eterno – l'unica cosa che avesse in comune con gli altri accendini. Con tenerezza ripensai al suo collasso, alle grandi mani guaritrici della tabaccaia, alla mia prodezza nell'aver tanto fortemente voluto una vittoria sull'irreparabile. L'idea di dover ripetere quella trafila di tanto in tanto non mi dava più la nausea, al contrario mi sembrò dolce e umana; avere nelle mie mani la sopravvivenza di qualcosa di amato, ed esserne all'altezza, mi rese sereno. Ma presto, troppo presto, il presentarsi di piccoli problemi di accensione mi strappò da quell'idillio e mi preoccupò. Molto prima di quanto fosse ragionevolmente prevedibile, il mio accendino ricominciò a dar segni di debolezza. Non era più così pronto a rispondere al mio comando, e talvolta pretendeva che io premessi il tasto cinque o sei volte prima di concedermi il suo fuoco. La situazione prese a peggiorare di giorno in giorno, e sebbene la mia cura nei suoi confronti fosse rimasta sempre la stessa, mi convinsi che qualcosa di grave dovesse essere successo. Per intere giornate se ne stava inerte, insensibile al mio comando, costringendomi all'umiliazione di elemosinare un fiammifero per strada; ma quando stavo per persuadermi che dovesse essersi prematuramente scaricato, ricominciava a funzionare, dimostrando che questa volta il problema non era il gas. Disperato, quando questo atteggiamento sembrò avere preso una piega definitiva, mi risolsi a ritornare alla Clinica della pipa e dell'accendino, per un consulto. La vasta donna, ignorando le spiegazioni che tentavo di darle, introdusse d'acchito il becco della capsula nell'accendino, per ricaricarlo, ma un gelido rigetto di gas biancastro le mostrò immediatamente la gravità di quanto andavo lamentando: non era un problema di gas. Mentre la donna armeggiava con l'apparecchio, rigirandoselo tra le enormi dita, arrivai a chiederle se, per caso, non ci fosse al suo interno una sorta di pietrina che potesse essersi usurata, e che si potesse sostituire. Ero disposto a tutto, ormai. Ma la donna mi rispose quello che sapevo già, e cioè che quel tipo di accendini non era dotato di pietrina né di componenti analoghi, e che comunque il mio era "ben strano". Riprese a maneggiarlo e dopo altri tentativi di resuscitarlo andati a vuoto la vidi infine scuoterlo e percuoterlo, poi colpirlo tre volte sul tasto con il taglio della mano, dopodiché, non so come, la fiamma tornò a scoccare.

– Ecco – mi disse – Con questi ordigni bisogna avere molta pazienza.

Un lungo sguardo incandescente seguì le sue parole, e io non compresi se esprimesse compassione o malizia. Uscii dalla Clinica con il mio accendino in mano, azionandolo a ripetizione, ma non ero commosso o riconoscente come la volta prima; avevo appena avuto la prova che qualcosa di illogico regolava gli umori del mio amato feticcio, e avevo un brutto presentimento: quel clima idilliaco di cui avevamo goduto un tempo, pensai, non si sarebbe ripresentato mai più.

Pochi giorni dopo, infatti, tutto tornò penoso e mortificante. I capricci del mio accendino ricominciarono a umiliarmi in pubblico, senza motivo. Mi interrogai a lungo su cosa avessi sbagliato, quando e come mi fossi meritato quel castigo. Arrivai a credere che, forse, ero convinto di avergli dato il massimo, ma che a causa della mia scarsa dimestichezza con le minuzie della vita non mi ero accorto di aver mancato in qualche punto fondamentale. Per la prima volta mi ritrovai a invidiare quei famosi amici a lungo compatiti, che da anni possedevano lo stesso accendino e da anni ogni mese lo ricaricavano e gli sostituivano la pietrina, ricambiati da un atteggiamento docile e mansueto. Mi chiesi con amarezza perché mai, dopo tutti gli sforzi che avevo fatto per adattarmici, quel banale sistema di relazioni che per gli altri andava avanti da sempre, dovesse essersi inceppato proprio con me. A lungo cercai di ripetere i gesti che avevo visto compiere alla tabaccaia, studiando centinaia di modi per scuoterlo e percuoterlo, sempre più scoraggiato: finché, finalmente, scoprii una successione di gesti che mi assicurava un funzionamento accettabile. Non so come ci riuscii; né, adesso, cercando di illustrarla, potrò farlo con chiarezza: ma ciò che conta è che avevo trovato il verso per il quale prendere il mio accendino senza dover sottostare, impotente e imbarazzato, alla sua indole ribelle e capricciosa. Si trattava di scuoterlo trasversalmente, né poco né a lungo, poi di sbatterlo tre volte contro una superficie dura, attutendo i colpi con le dita in modo che l'impatto non risultasse secco, ma nemmeno morbido; infine, di dare un colpo col taglio della mano – né piano né forte, mi viene da dire – sul pulsante dell'accensione. In quello strano modo la fiamma tornava a scoccare: se non spontanea, almeno obbligata. Ancor più strano era che la successione dovesse essere sempre la stessa, sempre uguale, senza inversioni e omissioni: gli scuotimenti sempre della stessa imponderabile intensità; gli impatti né quattro né due, ma tre; il colpo col taglio della mano ugualmente indescrivibile – non violento, certo, ma nemmeno indulgente.

Doveva essere divertente per i miei conoscenti, che mi avevano visto dimenticare accendini dovunque, osservarmi compiere una simile sequenza di operazioni pur di non separarmi da quello: ma neanche mi sfiorò l'idea di abbandonarlo come tutti gli altri – o, peggio, di tradirlo continuando a conservarlo ma ricorrendo ad altri alla bisogna. I miei amici potevano ridere quanto volevano: loro non sapevano nulla, e non potevano capire. D'altronde, il folle comportamento dell'apparato elettronico tornava a offrire, di tanto in tanto, periodi di funzionamento perfetto, durante i quali non era più necessario il ricorso alla formula della tabaccaia. Così, riflettendo profondamente, mi rassegnai all'idea di possedere un accendino del tutto eccezionale, sotto ogni riguardo, dal quale non era lecito attendersi un comportamento prevedibile come da tutti gli altri. Con lui, conclusi, bisognava essere capaci di dare di più – e ciò mi persuase ulteriormente che quello era davvero l'accendino della mia vita. Convenni che il senso da dare al mio sacrificio doveva andare ben oltre la fatua soddisfazione dei primi tempi nel vedere gli altri ammirati dinanzi al mio oggetto. La posta in palio, evidentemente, non poteva essere di natura così mondana: non l'appagamento superficiale o i complimenti degli altri, ma piuttosto il raggiungimento di quella calda e incomunicabile sensazione di pace che è propria di chi svolge fino in fondo il proprio compito. In altre parole ero schiavo di quell'accendino: ed ero fiero di esserlo.

A questo punto, per proseguire nel racconto, è necessario dedicare alcune righe alla descrizione dell'interno della mia automobile. Ciò che resta da narrare di questa storia non può più prescindere dall'ambiente disadorno che ogni giorno mi trasporta attraverso la città. Come cercherò di spiegare, *qualcosa* lo distingue da tutti gli altri abitacoli, ed è noto come gli scenari abnormi si rendano fatalmente responsabili di comportamenti abnormi in coloro che vi abitano.

Davanti al volante, dunque, c'è un tachimetro rotondo che, essendo la mia macchina di modello assai antiquato, non è accompagnato da nessun altro degli strumenti luminosi ora in voga. Sul mozzo del volante stanno le leve del tergicristallo, a destra, e dei lampeggianti, a sinistra. Molto tempo fa, una pressione sulla leva del tergicristallo scagliava allegri spruzzi d'acqua sul parabrezza – ma da quando un certo serbatoio, sfortunatamente, si è esaurito, questo comando è divenuto del tutto superfluo. Sul cruscotto, alla sinistra del volante, non c'è niente. Alla sua destra, invece, alcuni pomelli, dislocati con una certa regolarità, comandano il funzionamento dei fari di posizione, degli abbaglianti e del riscaldamento. Più in basso sta un portacenere pieno di mozziconi, inutilizzabile. Ancora più a destra, vicino al finestrino, c'è uno sportello con comando a pulsante, che cela un profondo e scomodo cassetto dove navigano inafferrabili monetine e altre cianfrusaglie. Infine, l'elemento più insolito: uno squarcio rettangolare nel cruscotto, centrato tra due pomelli, sopra al portacenere, che una volta fungeva da alloggio per l'autoradio. L'effrazione commessa anni fa da uno scassinatore ha spalancato questa bocca inquietante attraverso la quale l'abitacolo comunica direttamente col ventre della macchina. Un groviglio di fili, tubi e nervature si profila nell'oscurità oltre lo squarcio, e l'apparente assenza di qualsiasi sfondo fa pensare che tutte quelle componenti galleggino da sempre, e sempre galleggeranno, in una specie di vuoto torricelliano. A parte la modesta entità del danno economico, la conseguenza veramente spiacevole dell'operato del ladro è appunto la permanenza nell'abitacolo di questa apertura – nera finestra sul metabolismo in atto nel ventre della macchina. In essa sovente si perdono i miei occhi, alla ricerca di qualche appiglio che me la faccia sembrare meno disumana, ma ogni volta vanamente. Inoltre, capita spesso che con gesti automatici, in preda alla distrazione, io vi introduca per sbaglio oggetti di una certa temporanea importanza: talloncini d'ingresso dell'autostrada, biglietti dei parcheggi, contromarche, che il ventre inghiotte e fa scomparire nella sua ruminazione. Questi inconvenienti mi hanno suggerito più volte di recarmi una mattina da qualche carrozziere, per farmi richiudere l'orifizio con un pezzo di lamiera: ma l'enormità di questa operazione, vista nel suo insieme, ha finito per scoraggiarmi, e il buco è rimasto lì.

Accadde che una sera, durante un periodo in cui il mio accendino si mostrava particolarmente negligente, condussi un'amica a fare un lungo giro in macchina, senza una meta precisa, come piace a me. Guidando, o per meglio dire sfrecciando nella notte, non era prudente che mi accanissi nelle consuete operazioni necessarie a far funzionare il mio accendino. Delegai a questo la ragazza, cercando di spiegarle esattamente l'ordine e la tecnica con cui doveva agire: scuotimenti, percuotimenti, colpo col taglio della mano. Ma, con mia grande sorpresa, in mano sua l'accendino riprese a funzionare come nei giorni migliori, senza bisogno di alcun rituale. Di riflesso, ricominciò a ubbidire anche ai miei comandi, docile. Trascorremmo tutti e tre una serata magnifica, tra grandi distanze percorse a forte velocità, fari che saettavano, sigarette che si accendevano al primo colpo, e confesso che cominciai a pensare di legarmi più seriamente a quella ragazza che, oltre a possedere numerose altre qualità, era stata capace di riportare la concordia tra me e il mio accendino.

Quando la riaccompagnai a casa, a un'ora gradevolmente vicina all'alba, la salutai con calore, e mentre già stava scendendo dalla macchina, mi ricordai che aveva gestito lei l'accendino per tutta la sera.

– Dov'è il mio accendino? – le chiesi.

– L'ho messo nel cassettino – fu la risposta.

– *Quale* cassettino?

– Quello – mi rispose allegramente, indicando col dito lo squarcio rettangolare.

– Pazza! – gridai – L'hai gettato nel ventre della macchina!

La ragazza non comprese bene, era molto assonnata. Si accomiatò con un bacio di Giuda sulla fronte, ripetendo di averlo messo lì.

Seguirono giorni orribili. A tutto ero disposto, e tutto avevo fatto, tra il possibile e l'impossibile, per il mio accendino: ma pretendere di recuperarlo dal ventre della macchina mi pareva completamente irragionevole. Era perso per sempre. Ricominciò il triste viavai di macchinette da poco prezzo tra le mie tasche e i tavolini dei locali, quel freddo rapporto utilitaristico con oggetti sempre diversi. Nel tentativo di farmi una ragione dell'accaduto cominciai a pensare che finalmente mi ero sbarazzato di un feroce padrone, ed ero tornato libero: ma il semplice fatto di immaginare il nero ventre della macchina nei cui meandri era perduto, mi faceva precipitare in una cupa angoscia. La mia vecchia vita tornava ad apparirmi sempre più vuota e senza senso, e io mi sentivo spinto a compiere qualcosa di veramente estremo. Pensai addirittura di smettere di fumare, ma non era che un modo di avvicinarmi, enormità dopo enormità, al folle progetto. Finché un giorno avvertii con una chiarezza rasserenante che quell'assenza non era ulteriormente sopportabile, e mi risolsi a sfidare il ventre della macchina.

Scelsi per questa contesa un'ora tarda della notte e una piazza illuminata a giorno dai lampioni e circondata di severi monumenti, che mi infondevano coraggio. Arrotolai la manica della camicia e introdussi l'avambraccio nello squarcio rettangolare. Ci passava a malapena. Cominciai a scendere lentamente, con prudenza, attraverso i gironi metallici di quell'inferno. Le dita vorticavano nel vuoto, la pelle si schiacciava contro superfici ruvide, veniva stretta in morse improvvise, graffiata da insospettabili sporgenze – ma più appariva insano il proposito di proseguire, più trovavo la forza di farlo. D'un tratto sentii un piccolo oggetto sfuggirmi dalle dita, rotolando più in basso. Moltiplicai lo sforzo, lo raggiunsi a una quota veramente spaventosa di quelle profondità, e lì lo afferrai. Rapidamente lo riportai in superficie, emozionato, incurante di offrire la carne allo strappo di quei rovi metallici: difficile mi è spiegare la delusione provata quando constatai che non si trattava del mio accendino, bensì di un vecchio capotasto della mia chitarra, dichiarato disperso da moltissimo tempo. Alla delusione fece però seguito una rabbia che definirei predace, e una determinazione certamente non di questa terra a portare fino in fondo il mio compito. Introdussi di nuovo il braccio nello squarcio e lo immersi negli intestini ai quali era appena scampato. Lo spinsi giù, sempre più giù, incurante del sangue che sentivo scorrere, caldo, sulla pelle. Quando non avevo quasi più braccio da donare al ventre della macchina, sentii un nuovo oggetto muoversi tra le mie dita. Reso diffidente dall'esperienza appena consumata lo impugnai, lo tastai e lo soppesai con cura prima di convincermi che questa volta ce l'avevo fatta: era lui. Come non riconoscere quelle forme implausibili, né spigolose né curve, e il materiale assurdo, non metallo e nemmeno plastica, in cui erano modellate? Rabbiosamente feci riemergere il braccio, e con esso il trofeo della contesa appena consumata. L'accendino era di nuovo lì, con me, provato e segnato da quell'avventura – come del resto il mio braccio, coperto di abrasioni –, ma vivo e riconoscente. Al mio comando scagliò una fiamma altissima nella notte. Il lungo castigo lo aveva redento, o così io allora volli credere.

L'indomani, per prima cosa, lo portai d'urgenza alla Clinica della pipa e dell'accendino, dalla tabaccaia-lupa, per una revisione. Fu rimpinzato di gas, ripulito, consolato. Appariva invecchiato: il ventre della macchina aveva lasciato il segno, non c'erano dubbi. Ma quelle cicatrici mi parvero ancor più venerabili del suo antico, immacolato colore – peraltro indescrivibile. Tornammo così a dividere i fasti dei primi tempi, per giorni e notti, e ritrovammo l'entusiasmo che nei mesi precedenti sembrava perduto. Riuscimmo perfino a perdonare la mia amica del suo folle gesto, e ricominciammo a condurla con noi in lunghi giri notturni con la macchina. Insieme a lui tornai a frequentare locali e case di amici, maneggiandolo con delicatezza, utilizzandolo con parsimonia, accudendolo in ogni dove e proteggendolo da qualsiasi pericolo. La mia formula di commiato da ogni luogo, a ogni ora, e in qualunque stato mi trovassi, tornò a prevedere la vecchia cara domanda: "Dov'è il mio accendino?".

Perché, *perché* dopo tutto questo lui ha ricominciato a comportarsi in quel modo insensato? Non era dunque abbastanza ciò che ero stato capace di fare? Mi tornarono in mente le parole della tabaccaia – "con questi ordigni bisogna avere molta pazienza" –, ma ancor più quelle del mio amico Squalo, che aveva posseduto un oggetto uguale ed era "stato costretto a distruggerlo". Ricominciarono le umiliazioni in pubblico, ricominciò a essere necessario il rituale di gesti assurdi per farlo funzionare. Un giorno, esasperato da questo comportamento, lo minacciai.

– Devo dunque ricordarti il ventre della macchina?

Ma lui proseguì imperterrito con i capricci e gli improvvisi pentimenti, confermandomi che nessuna logica avrebbe mai potuto regolarlo. E poiché con lui avevo già conosciuto ogni delusione e ogni consolazione, questa eccentricità cominciò a sembrarmi solo una penosa ripetizione.

– Vedi – gli sussurrai – io ho già fatto tutto, per te. Più di tutto, purtroppo, non si può fare.

Ma ormai era di nuovo freddo a ogni invocazione.

C'è un momento, che arriva dopo le lotte, le speranze, le disperazioni, dopo le vittorie e dopo le sconfitte, in cui un uomo si accorge che ciò che gli resta è soltanto la propria forza. Troppo insistentemente le vicende dei sentimenti si ripiegano su se stesse, cercando di perpetuare giochi o sottili torture cui il tempo ha tolto ormai significato. Sì, oltrepassate tutte le esperienze possibili c'è un momento in cui un uomo si accorge di essere rimasto solo con la propria forza. Una forza che permetta di compiere azioni cui essa stessa, poi, non potrà più rimediare; una forza che desideri spingersi oltre i propri limiti. Dev'essere per questo che una notte, poco tempo fa, sono tornato in quella piazza illuminata di giallo, e ho gettato di nuovo il mio accendino nel ventre della macchina. Sapevo bene che il vuoto torricelliano, i grovigli, gli intestini mostruosi e instancabili non me lo avrebbero restituito una seconda volta. L'universo funziona secondo regole cui non è possibile derogare con permanenti eccezioni, come pretendeva di fare il mio irriducibile accendino. L'ho salutato col rito di un'ultima sequenza di gesti per evocare la sua fiamma, e fino all'ultimo lui ha cercato di resistermi. È stata un'ultima sigaretta di addio cui solo i grandi sentimentali sapranno dare un senso. Poi l'ho abbandonato alle occulte masticazioni del grande stomaco d'acciaio. Solo una forza momentanea e immensa mi ha permesso di farlo: una forza tale che non avrei più potuto farvi ricorso per rimediare alla cosa fatta.

Più volte ho tentato, in seguito, di recuperarlo: e ancora ci provo, di tanto in tanto. Mi graffio, mi ferisco, nel tentativo alla cieca di estrarlo di nuovo dal ventre della macchina – e ho recuperato una quantità di oggetti senza valore, talloncini d'autostrada, caramelle, graffette, anelli portachiavi, che il ventre mi restituisce con ironia, continuando a tenersi il mio accendino. E soprattutto adesso, consumate tutte le esperienze possibili, dopo che sono stato costretto a distruggerlo – soprattutto adesso che non l'ho più, posso affermare che quello era l'accendino della mia vita. Ciò non mi impedisce di averne altri, da smarrire poco dopo averli comprati – o da gettare nel ventre della macchina, a fargli compagnia; perché ora so di essere un uomo buono, e l'uomo buono, ho scoperto, non paga i propri conti con la moneta della fedeltà. Quella è redentrice per i fedifraghi. L'uomo buono paga fino in fondo con la sofferenza solitaria di ogni volta in cui spera di non sopravvivere all'immensa responsabilità della cosa fatta – e invece sopravvive, ammutolisce e passa oltre. I dolori si dileguano, i pentimenti si confondono, i contorni del ricordo si dissolvono: e poi stordisce, e appaga, questo mistero di una vita tanto più grande di tutti i suoi pezzi messi insieme.

CHE IO SIA POVERO è un fatto ampiamente conosciuto. Quando la mia inclinazione per le lettere mi indusse a dedicare la vita alla poesia, le reazioni dei miei conoscenti confluirono in un unanime conato di dissuasione, e l'arma brandita per scoraggiarmi era una frase, sempre la stessa: "*Carmina non dant panem*". Purtroppo, ogni tentativo che ho compiuto di contraddire quella massima sciagurata, scrivendo versi anche stupendi e cercando di ricavarci di che vivere comodamente, si è rivelato vano.

A più riprese ho reso nota la mia disponibilità a comporre carmi dietro compenso, che celebrassero qualsiasi argomento stesse a cuore ai committenti – la solidità della famiglia, i successi imprenditoriali, la bellezza dei loro yacht – ma ho dovuto constatare che i miei potenziali clienti preferiscono spendere in altro modo il loro denaro. Prediligono la pittura, la scultura e l'architettura, non pensando che nel breve volgere di qualche secolo i loro ritratti, i loro busti e le loro ville saranno ridotti a poltiglia inespressiva, mentre i miei versi possono tranquillamente conservarsi in eterno, senza spese di restauro o di manutenzione. Nessuno di loro s'è accorto che facendo la mia fortuna di poeta si assicurerebbe l'immortalità. Chi mai rammenterebbe, dopo duemilacinquecento anni, il nome di Timasarco, se Pindaro (uno dei miei maestri) non ne avesse celebrato la vittoria nella Quarta Nemea?

Così, non ho entrate; e anche quando riduci drasticamente le uscite, come ho fatto io, la povertà risulta una conseguenza ineluttabile.

Che nessuno dei miei conoscenti sappia bene come io faccia a sostentarmi è cosa altrettanto assodata. Questo enigma ha alimentato numerose dicerie sul mio conto, che dapprincipio io lasciavo circolare per istinto, convinto che a chi non ha nulla le dicerie non possano togliere nulla. In seguito ho cominciato a comprendere che era proprio il mistero intorno al mio sostentamento, e non la relativa notorietà conquistata con i miei versi, a permettermi di frequentare le mense di nobili famiglie della capitale. Così adesso lascio che vecchie contesse e marchese si stupiscano di come io non muoia di fame, e che mi invitino a cena per scoprirne il motivo. In quelle occasioni non faccio altro che assecondare la loro curiosità senza mai soddisfarla, citando qua e là nomi di potenti industriali del nord – acciaio, dolciumi, abbigliamento – con i quali lascio dedurre di intrattenere rapporti di intensa e misteriosa amicizia. Tutte persone che conosco realmente – io non mento mai – e che rispetto, ma che della mia sopravvivenza non si stupiscono meno dei miei nobili concittadini.

D'altra parte, la mia approfondita conoscenza dell'araldica, coltivata negli anni a scopi esclusivamente letterari, ha spinto alcuni a sospettare che io sia un principe; e la tenacia con cui nego le mie labbra a vini che non siano stati conservati in cantine debitamente climatizzate è considerata incompatibile con la mia apparente indigenza. Inoltre, la mia attività di poeta ravviva gli appetiti in quei banchetti dove non è ammesso mangiare lentamente e in silenzio, prestando attenzione soltanto alla squisitezza dei cibi, ma è sempre necessaria una giustificazione spirituale da accompagnare all'esercizio della masticazione.

Così, a sfamarmi è proprio quella nobile gente che mi invita a cena per scoprire come mi sfamo.

A chi mi chiedesse perché questo non avvenga anche in ambienti della borghesia affluente, o comunque presso ospiti non muniti di titolo nobiliare, risponderei esattamente come quasi due millenni e mezzo fa un altro dei miei maestri, Simonide, rispose a chi gli domandava come mai i Tessali l'avessero cacciato: "È che non sono abbastanza educati per farsi ingannare da me". E poi io prediligo veramente l'aristocrazia tra le caste, avendo constatato come sia l'unica in cui ancora esista distinzione tra gli uomini e gli oggetti.

Ciò detto, mi accingo a scrivere questo racconto, che nessuno mi ha commissionato ed è frutto di un mio spontaneo moto dell'animo, nella fiducia che mi sarà sufficiente contraffare i nomi e firmare con uno pseudonimo perché nessuno dei miei benefattori abbia a riconoscersi nella descrizione che darò di loro. Non sarebbero contenti di scoprire che per anni, con i loro inviti a cena, hanno solo sfamato un affamato, e per il mio stomaco le conseguenze di tale scontento potrebbero farsi funeste.

Per ragioni dunque di stretta sopravvivenza ometterò in questa storia i nomi dei personaggi e dei luoghi, sostituendoli con le consuete lettere dell'alfabeto: esse risulteranno addirittura più appropriate dei nomi veri e propri, perché se qualcosa hanno di deplorevole i nobili, questo qualcosa sono i nomi. Eppure, nonostante la mia mascheratura, sono certo che qualcuno si ostinerà a riconoscere nei fatti che vado a narrare le tracce di un avvenimento di cronaca che scosse l'ambiente mondano della capitale qualche anno fa: ed è per questo motivo che devo ricorrere alla formula di rito, secondo la quale "i fatti e i personaggi di questo racconto sono frutto di fantasia, e ogni riferimento a persone o avvenimenti reali è da considerarsi puramente casuale".

Era uno degli ultimi giorni di Carnevale del ..., e l'invito ricevuto per una cena in maschera quella sera presso la Contessa X-Z mi fece svegliare con la rinfrancante consapevolezza di poter contare su un pasto sicuro. Durante la giornata non avrei dovuto fare sforzi "per fugare la molesta fame del ventre" (Pindaro, *Istmiche* 1-49), e questo andava a indubbio vantaggio del mio lavoro. La cena era offerta in onore del rampollo minore della famiglia, J X-Z, che ritornava quel giorno stesso in licenza dall'accademia militare. I rotocalchi, poco prima della sua partenza, si erano avidamente interessati a una sua burrascosa vicenda d'amore con la giovane e capricciosa W K degli Y, i cui esiti, a giudicare da come la Contessa X-Z aveva cominciato a chiamare suo figlio "quel povero ragazzo", non dovevano esser stati felici per lui.

Avevo conosciuto J X-Z quando era ancora nel fantastico reame della prima infanzia. Le vicende della vita mi avevano legato a quel tempo a suo fratello maggiore, H, con cui frequentavo il Liceo Classico A B in piazza Q. Di regola, io gli passavo le versioni di greco e latino ai compiti in classe, e lui si sdebitava invitandomi al pomeriggio nella sua villa, dove una meravigliosa governante strabica si preoccupava che non me ne andassi mai senza essermi saziato dei suoi manicaretti. Il piccolo J trotterellava per la casa con aria inconsapevole, in attesa che la governante arrivasse coi vassoi della merenda: a quel punto, con la splendida incoscienza dei bambini che a vent'anni finiranno male, si avventava sui bricchi d'argento pieni di cioccolate fumanti, e tentava di trangugiarne il contenuto ignorando gli ammonimenti che io e suo fratello gli davamo, di lasciarlo un poco freddare o perlomeno di soffiarci sopra prima di portarlo alle labbra. Naturalmente, si scottava sempre la lingua. Dopo qualche tempo, quando fu chiaro che J non aveva nessuna intenzione di considerare le precedenti scottature come mere esperienze di cui far tesoro, cominciai a intravedere nei suoi slanci verso quelle merende le tracce di un imperativo d'ordine superiore. Come se, di fronte a provocazioni così esplicite alla sua natura golosa, egli non vedesse altra soluzione che avventarglisi sopra. Uno di quegli imperativi che spronano i grandi uomini davanti ai grandi avvenimenti; la lucidità e la prontezza di chi vede immediatamente l'unica cosa da fare, e, per quanto possa essere dolorosa, la fa. Queste mie interpretazioni dei suoi continui incidenti di gola mi spinsero presto a nutrire per J un vero affetto fraterno, che cercavo di manifestare non pronunciando mai, come faceva invece suo fratello, quell'arida frase – "così impari!" – ma piuttosto restandogli vicino in silenzio, e abbracciandolo, nei momenti in cui il dolore acutissimo lo costringeva al pianto.

I tempi del liceo finirono e le mie visite alla Villa X-Z si diradarono, fino a cessare del tutto per una dozzina d'anni. (Si tratta degli anni in cui la mia biografia si fa vaga, durante i quali lascio credere d'avere intessuto le misteriose amicizie che mi si attribuiscono.) Infine, un relativo successo della mia seconda raccolta di versi, §, mi introdusse di nuovo in quelle stanze, dove la Contessa X-Z era fiera di accogliere gli intellettuali della capitale. Fu allora che ritornai in contatto con J, divenuto un giovane di rara bellezza e umori contrastanti. Dalla madre fui messo a parte di alcune sue prodezze compiute su motociclette, automobili sportive e aerei da turismo; e in tutto ciò che compiva, così spericolatamente come mi veniva raccontato, io riconoscevo la stessa natura che aveva ispirato la sua perseveranza con le bevande bollenti quando era bambino. Il mio affetto per lui crebbe e si fece adulto. Un aneddoto, in particolare, merita a mio avviso risonanza tra tutti coloro che si dedicano a distinguere il bello dal turpe nell'immenso repertorio delle cose fatte. Una notte, circa un anno prima della partenza di J per l'accademia militare, passeggiavo per la nota Via V., dove mi piace andare, di quando in quando, a osservare i personaggi celebri dar spettacolo della propria fortuna, e fui sorpreso senza ombrello da un violento rovescio di pioggia. I miei abiti si inzupparono, Via V. si fece deserta, e riguadagnare la mia dimora senza rischiare una polmonite cominciò a diventare un problema serio. Mentre riflettevo sul da farsi sotto la pensilina del Grand Hotel E., trafitto dallo sguardo sprezzante di un anziano inserviente in divisa, una Jaguar accostò al marciapiede vicino a me. Ne uscì, sotto un ombrello, il giovane J X-Z in abito da sera e sciarpa bianca, probabilmente diretto a qualche gala nelle sale dell'albergo. Dopo avermi scorto e salutato, gli fu sufficiente un'occhiata per rendersi conto del mio problema. Non disse nulla, e io lo vidi tornare velocemente verso la macchina parcheggiata. Vidi il cuoio delle sue scarpe inglesi tuffarsi in una pozzanghera. Vidi il cachemire del suo soprabito strofinare contro la carrozzeria bagnata, e segnarsi di un'obliqua chiazza iridescente. Quando mi fu di nuovo davanti aveva un secondo ombrello in mano. "Non dovresti andare in giro senza ombrello quando minaccia di piovere", mi rimproverò. "Ringrazia il Cielo che ne avevo un altro." "No", risposi, "non ringrazio il Cielo che mi piove addosso in questo modo. Io ringrazio te che mi porgi un ombrello." J tacque un istante, riflettendo. "Già", disse, "è vero. Sono io che devo ringraziare il Cielo di avere due ombrelli."

Era questo, dunque, il "povero ragazzo" in onore del quale la Contessa X-Z aveva organizzato la cena in maschera. Un uomo che io avrei senz'altro menzionato come esemplare: temprato, o definitivamente spezzato da tre mesi di disciplina militare, tornava adesso nell'ambiente che per anni lo aveva indebolito con sfide, oltraggi e amori scellerati; e il suo ritorno valeva bene una festa.

Per tutta la mattina lavorai di buona lena a un sonetto intitolato *Baci Scagliati Altrove*. Era un componimento su cui mi spremevo da tempo, ma, data la naturale affinità del tema con le vicende che avevano fatto di J "quel povero ragazzo", mi ritrovai più volte a disperdere i miei pensieri negli anfratti di quella crudele storia d'amore. Pensai ai passi furtivi di W K degli Y su soffici tappeti di appartamenti di diplomatici americani, al suono sordo delle sue scarpe col tacco che cadevano a terra dal letto inaugurando l'ennesimo tradimento, e alle sue chiome incontenibili che avevano dispensato vampate di Opium ai cuscini di giovani attori del cinema. Pensai alla lama affilata dei pettegolezzi che aveva tormentato J X-Z. Pensai che certe donne sono capaci di ingannare a lungo il proprio uomo, senza mai abbandonarlo, finché lui potrebbe ancora farsi una ragione della loro scomparsa; ma diventano improvvisamente oneste e lo lasciano quando lui non può più fare a meno di loro. Così era successo al "povero ragazzo", torturato per anni dai tradimenti di W K degli Y, e poi abbandonato a bruciapelo proprio alla vigilia della sua partenza per l'accademia militare, dove anche il semplice pensiero di quei tradimenti lo avrebbe consolato molto più dell'arida consapevolezza di averla perduta per sempre. E così era successo anche a me, molti anni prima, quando una dolce ragazza di nome F. mi lasciò per legarsi a un giovane industriale del nord – macchine utensili – di cui avrei in seguito pronunciato il celebre cognome per lasciarlo sospettare tra i miei potenti protettori. Le ultime parole che F. mi aveva rivolto erano state "sei la persona migliore che io abbia conosciuto, mi aspetto grandi cose da te ma amo un altro", e tutto questo nell'immediata vigilia della partenza per un convegno dove le mie poesie sarebbero state biasimate perché "prive di contenuto sociale". (Non è difficile indovinare l'epoca di questo avvenimento.) Ricordo con pungente ricchezza di particolari che nel momento peggiore della mia vita, seduto su uno scoglio davanti al mare novembrino del Golfo di Sorrento, lo sguardo gettato al di là delle onde grige, le mie poesie strappate sotto i miei occhi, senza avere avuto nessuna possibilità di difesa e senza più soldi per tornare a Roma, in quel momento la ragazza che avrebbe dovuto fare da argine al senso della disfatta totale se n'era appena andata con un altro, e per sempre.

Faticosamente, dunque, portai a termine una versione di *Baci Scagliati Altrove* che mi parve accettabile, ma che gli avvenimenti in procinto di svolgersi sotto i miei occhi mi avrebbero in seguito costretto a modificare. Conservo ancora quella prima versione, a testimonianza di come si possa tornare ottimisti in amore quando i rovesci sono ormai lontani alle nostre spalle. Verso mezzogiorno mi alzai dal letto, dove solitamente lavoro, e mi diressi all'unica finestra della mia casa. Come al solito, centrato nell'arco di cerchio di un panorama convulso, troneggiava il Palazzo M.N.O. con la sua ampia scalinata d'ingresso. I miei pensieri scivolarono una volta di più sulla cena di quella sera: si sarebbe trattato come sempre di comportarsi da suppellettile parlante in una grande sala; gli altri ospiti, lussuosamente travestiti, si sarebbero perduti nelle danze; alcune donne attraenti mi avrebbero sorriso; ognuno mi avrebbe accordato una parte del sovrappiù di cui disponeva, e la differenza tra tutto ciò e le mie speranze giovanili, in fondo, consisteva solo nel fatto che non avrei dovuto guadagnarmelo in nessun modo. Quanto a J X-Z, sarebbe stato certo molto corteggiato, secondo le aspettative materne.

Davanti al Palazzo M.N.O. molte macchine si incrociavano. Il semaforo a quattro tempi comandava con assoluta casualità le coppie di automobili che di volta in volta si trovavano a impegnare contemporaneamente la sede stradale: e una volta chiamata ad attraversarla insieme all'altra che aveva ricevuto lo stesso ordine, nessuna macchina poteva sfuggire al forzato accoppiamento. Per una decina di minuti constatai che questi accoppiamenti non davano luogo a rapporti che andassero oltre una fugace diffidenza reciproca. D'un tratto, però, questo andamento s'interruppe: una BMW marrone metallizzato, invece di girare verso Corso T. come indicato dal suo lampeggiante, proseguì per affiancarsi a una giardiniera proveniente da via D.D. Le due vetture sostarono per qualche istante al centro dell'incrocio, e io intravidi le sagome dei guidatori sporgersi dai finestrini e accennare una conversazione. Un implacabile unisono di clacson li convinse a desistere e le due auto dovettero ripartire, facendosi largo a fatica nell'ingorgo che esse stesse avevano provocato. Per un lungo istante temetti che si sarebbero perse. Ma le vidi accostare entrambe sotto la scalinata del Palazzo M.N.O., e fermarsi una dietro l'altra nell'area riservata alla fermata degli autobus. Dalla BMW vidi uscire J X-Z – proprio lui – in divisa da cadetto.

La coincidenza non mi sorprese più di tanto, poiché ho la pretesa di credere a un certo potere evocatore dei miei pensieri. In un primo momento, anzi, credo di averlo riconosciuto solo perché tutti i pensieri rivolti a lui quella mattina ne avevano reso molto probabile l'entrata in scena. Ma immediatamente dopo, vedendolo curvarsi sul finestrino della giardiniera, riconobbi sul serio le sue spalle di giovane assuefatto agli stravizi, le mascelle quadrate e i movimenti di ex-bambino che si scottava la lingua con le cioccolate roventi.

Temo che a quel punto anche tutte le mie facoltà evocatrici si siano sommate alla cieca volontà del traffico mattutino e ai giochi coordinati dei semafori affinché al volante della giardiniera si trovasse proprio W K degli Y. Quando J riuscì a stanare la ragazza dall'abitacolo, non avevo che il ricordo delle copertine di rotocalco sbirciate in edicola per identificarla: ma quella pelliccia chiara debolmente mossa dal vento, la tempesta castana dei capelli lanciati in mille direzioni da qualche parrucchiere alla moda, e soprattutto l'infinita delicatezza che notavo nei gesti di J mentre le si rivolgeva, non mi lasciarono margini di dubbio. Era lei, W K degli Y, "un male dalle apparenze attraenti", come Esiodo disse di Pandora.

I due si parlavano con molta calma, sovrastati dall'immensa scalinata. Osservandoli, ricordo di avere provato una fuggevole e rara sensazione di appagamento: le figure dei due ex-amanti, così umane in confronto alle fotografie dei giornali, si stemperarono nell'attesa del fasto che quella sera mi avrebbe contornato, delle argenterie e dei costosissimi costumi fasciati attorno ai corpi di altre creature come W K degli Y, capaci di stroncare un uomo esemplare con la forza della propria leggerezza. Su di me si abbatté un fortunale di ritorni, di baci ritrovati dopo tanto tempo, e brindisi dentro calici di Baccarat, da un capo all'altro della tavola dove un menu mediceo a base di selvaggina cacciata a cavallo attende di essere annaffiato con Brunello di Montalcino del 1984, fermentato in botti di rovere e ogni cinque anni nuovamente imbottigliato alla presenza di un notaio. Il compendio di tutti questi miei pensieri, mentre i due giovani continuavano quietamente a conversare, fu un ingenuo auspicio risolutore: "Loro questa sera tornano insieme, mentre io mangio".

Improvvisamente, però, i movimenti del "povero ragazzo" si fecero bruschi, proprio mentre le membra troppo desiderate della ragazza s'irrigidivano dentro la pelliccia, e questo andazzo perfettamente antisimmetrico proseguì sotto i miei occhi, finché J X-Z si ritrovò a gesticolare ben poco aristocraticamente nella sua divisa, davanti a una bellezza apparentemente diventata di pietra. Era alterco.

Finché il mare monta, trasformando i propri flutti in onde minacciose, il sinfonico spettacolo del crescendo non lascia spazio all'apprensione del navigatore: solo quando il mare è montato il terrore si impossessa di lui. Analogamente, solo quando non ci fu più incremento possibile né al dimenarsi di lui né alla rigidezza di lei, percepii con chiarezza la sensazione di pericolo. Pensai di uscire, così in pigiama com'ero, e di scagliarmi addosso alla ragazza, infastidendola, così da suscitare una loro comune collera riconciliatrice: ma la differenza tra me e J X-Z risiedeva proprio nei tempi di attuazione dei nostri rispettivi propositi. Con la stessa risolutezza con cui lo avevo visto, bambino, afferrare i bricchi e portarli alle labbra, lo vidi volgere le spalle all'amata e raggiungere la BMW con pochi atletici passi. Ancora una volta, un misterioso imperativo faceva di lui l'uomo esemplare che, mentre gli altri si interrogano su ciò che è da farsi, lo fa. Lo vidi aprire lo sportello e scomparire nella macchina per metà, sfigurato dai riflessi azzurri del finestrino. Lo vidi ricomparire, qualche secondo dopo, con una pistola in pugno. (I giornali avrebbero scritto che si trattava dell'arma d'ordinanza.) Non ebbi nemmeno il tempo di domandarmi contro chi sarebbe stata puntata, né quello di rendermi conto di quanto una simile domanda fosse sciocca: usare l'arma contro la ragazza avrebbe avuto senso solo come primo di una lunga serie di delitti. J X-Z non si attardò a meditare sugli esiti: era divenuto esito egli stesso. Lo vidi crollare dietro la massa scintillante della sua automobile, in un punto di quel vasto marciapiede che era invisibile dalla mia postazione. Ai miei occhi, semplicemente, tramontò come un sole dietro un orizzonte metallizzato. Agli occhi della ragazza, invece, dovette fornire lo spettacolo d'arte varia di un giovane che agonizza sull'asfalto.

Si capisce molto anche di se stessi osservando la posizione in cui un ragazzo è caduto a terra, fulminato da una revolverata che si è inflitto da solo. Passata che fu la frenesia di sirene e lampeggianti, uscii di casa e mi feci largo in uno stuolo di sfaccendati, miei simili, uomini che dubitano e soppesano prima di agire, mentre gli imperativi contenuti nel presente si disperdono. Contemplai a lungo il disegno tracciato vicino a una chiazza di sangue, sul marciapiede: una sagoma distesa in posa plastica, con le braccia protese e leggermente piegate, come di un portiere che tentasse di trattenere una violentissima punizione. Impossibile ignorare che era stato di cattivo esempio spararsi così, per strada, davanti a tutti e sotto gli occhi della donna per cui si sarebbe fatta ogni altra cosa. Ma era ingiusto aspettarsi ancora buoni esempi da un uomo ormai sopraffatto da un irrimediabile disastro. E riflettendo su questo argomento percepii anch'io un solenne imperativo: di fronte alle dimensioni di quella sciagura sarebbe stato facile abbandonarsi subito al cordoglio per una vita falciata, ignorando la mia misera tragedia personale. Ma tra tutte le conseguenze ben più terribili racchiuse in quella sagoma bianca mi sentii obbligato a rintracciare anche la mia cena andata in fumo. Ero solo un parassita: una tragedia altrui era sufficiente a farmi saltare la cena. Per la prima volta trovai deplorevole la mia sopravvivenza al di fuori delle regole cui persino J X-Z aveva portato rispetto, e compresi che tutta la povertà di questo mondo non mi avrebbe mai permesso di avvicinare il cielo quanto il "povero ragazzo" con un gesto da ricco.

Solo dopo questo esame di coscienza mi sentii degno di provare dolore per la perdita di un amico, e di riconsiderare la mia parte di responsabilità nell'accaduto. Osservai il traffico che aveva trasportato i due giovani in quella feroce concomitanza; il semaforo che ne aveva perfezionato l'incontro continuava a lanciare il suo segnale intermittente, privo di rimorso; solo io, tra i responsabili di quella tragedia, rimpiansi di avere pensato, di avere scritto, e di avere evocato.

Accanto a J X-Z disegnato per terra, nessun altro segno descriveva il perimetro della pistola, come non fosse mai esistita. Se era vero quello che avevo sempre letto nei libri polizieschi, dovevano aver fatto molta fatica a strappargliela di mano.

eXtra

David Foster Wallace

Amore

traduzione di Sergio Claudio Perroni

Il mattino che Monroe Fieldbinder si recò dagli Slotnik per discutere di Mr. Costigan era una tiepida domenica di maggio. Fieldbinder percorse il vialetto di mattoncini rossi, calpestando qua e là alcuni fili d'erba sfuggiti al rastrello dopo la prima falciatura stagionale, e, prima di suonare il campanello illuminato, sotto il quale era incollata una decalcomania "Questa Casa È Equipaggiata Con Circuito Salvavita" identica a quella che Fieldbinder aveva incollato accanto al campanello della sua ex casa, indugiò qualche secondo per togliersi dei frammenti d'erba dal risvolto dei pantaloni.

Gli Slotnik erano seduti in camera da pranzo, entrambi in pigiama, lui in pantofole di pelle e lei in calzerotti di lana, e leggevano i giornali della domenica aperti sulla tovaglia tra piatti e pezzi di pane tostato intrisi di marmellata, marmellata che figurava anche agli angoli della bocca di entrambi gli Slotnik e gli rendeva appiccicose le dita con cui sfogliavano i giornali.

Il carillon del campanello di casa Slotnik durava a lungo. Stava ancora suonando quando Evelyn Slotnik aprì la porta d'ingresso.

Sulla soglia c'era Fieldbinder. Evelyn portò istintivamente le mani ai capelli, e lo sguardo ai piedi, in calzerotti di lana e sotto caviglie non depilate. Poi contestualizzò, e il suo sguardo si spostò su Fieldbinder.

Fieldbinder era azzimatissimo, con un leggero impermeabile inglese e pantaloni con piega e scarpe nere di vernice. In mano aveva una valigetta. Evelyn Slotnik lo guardò. Tutto questo avvenne in un secondo. Dalla stanza da pranzo giunse un fruscio di giornale.

"Buongiorno, Evelyn", disse allegramente Fieldbinder.

"Monroe", disse Evelyn.

Passati alcuni secondi, durante i quali Fieldbinder, sempre fermo sulla soglia, aveva inalato l'odore di casa Slotnik, egli sorrise di nuovo e ripeté, più forte, "Buongiorno, Evelyn. Spero di non...".

"Entra pure", disse Evelyn, in tono innaturale. Spalancò la porta e si fece di lato. Fieldbinder rimosse dalle scarpe gli ultimi residui di erba umida, sfregandole sullo stuoino-burla degli Slotnik, sul quale era scritto ANDATE VIA, ed entrò.

"Entra pure, Monroe", stava farfugliando Evelyn, in tono sempre più forzato. I suoi occhi gonfi e attoniti erano fissi su quelli di Fieldbinder. "È *in casa*", sillabò.

Fieldbinder sorrise e annuì. "Mi chiedevo se Donald fosse in casa", disse a voce alta. "Mi spiace arrivare così, all'improvviso, senza avvisare. Ma avevo urgente bisogno di parlare con te e Donald."

Si udì un rumore di sedia strusciata sul pavimento. Donald Slotnik entrò nel soggiorno, dove Evelyn e Fieldbinder erano fermi l'una di fronte all'altro, a guardarsi. Evelyn strinse la cintura della vestaglia. Donald Slotnik indossava una specie di mezza vestaglia orientaleggiante, che gli copriva la giacca del pigiama. Era in pantofole, con in mano il giornale e con un ciuffo ribelle ritto in cima alla testa. Dalla stanza da pranzo giunse il fruscio dell'inserto fumetti, sul quale Scott Slotnik stava appiccicando del pongo.

"Monroe", disse Slotnik.

"Ciao, Donald", disse Fieldbinder.

"Ciao", disse Slotnik. Guardò Evelyn, poi daccapo Fieldbinder, poi la poltrona accanto a Fieldbinder. "Accomodati, Monroe. Devi scusarci, come puoi vedere non aspettavamo visite."

Fieldbinder scosse la testa e alzò la mano in un gesto di scuse.

"Figurati. Sono io che dovrei scusarmi. A piombare così in casa vostra la domenica mattina. Mi spiace."

"Figurati", disse Slotnik guardando Evelyn, che aveva infilato le mani nelle tasche della vestaglia.

"Il fatto è che avrei una cosa da dirvi", disse Fieldbinder. "A tutti e due. Urgentemente." Adesso una delle mani di Evelyn era sul colletto della vestaglia.

"Bene, nessun problema", disse Slotnik. "Forza, allora, sediamoci. Tesoro, forse Fieldbinder gradirebbe una tazza di caffè."

"No, grazie. Niente caffè", disse Fieldbinder, sfilandosi l'impermeabile, che Slotnik non si offrì di prendere per appenderlo all'attaccapanni, e ripiegandolo sul bracciolo della poltrona.

"Io comunque ne vorrei un altro po'", disse Slotnik a Evelyn. Evelyn passò nella stanza da pranzo. Fieldbinder udì Scott dirle qualcosa.

Slotnik si sedette nel divanetto tra la finestra del soggiorno e la poltrona dov'era seduto Fieldbinder, e, accavallate le gambe, lasciò penzolare una pantofola in bilico sulla punta del piede. Fieldbinder scacciò il sospetto di aver visto dei piccoli paperi sulla stoffa del pigiama di Slotnik.

"Allora", disse Slotnik. "Come va la Immobiliare?"

"La Immobiliare va bene. Come vanno le tasse?"

"Le tasse vanno decisamente meglio di due mesi fa. Finalmente la modulistica è arrivata, e il governo ha concesso un rinvio per la presentazione... grazie, tesoro." Slotnik bevve un sorso di caffè, poi posò la tazza sul tavolino di fronte al divanetto. Evelyn si infilò nell'angolino lasciato libero da Slotnik sul divanetto, di fronte a Fieldbinder. "Le tasse sono un lavoro molto stagionale, come ben ricorderai", riprese Slotnik, schioccando le labbra per assaporare il caffè rimastogli in bocca. A Fieldbinder Slotnik dava l'idea di essere una di quelle persone che adorano il gusto della propria saliva.

"Me lo ricordo fin troppo bene." Fieldbinder sorrise a Slotnik. "Fred non ti sta dando troppo filo da torcere, vero?"

"Nient'affatto. Nient'affatto. Fred e io andiamo abbastanza d'accordo. Ieri abbiamo giocato a tennis insieme. Fred è un brav'uomo."

"A noi ci faceva filare."

"Magari si sta ammorbidendo."

"Può darsi."

Il silenzio che seguì fu interrotto solo dal rumore di Scott che faceva qualcosa coi piatti nel lavello in cucina.

"Allora", disse Fieldbinder. "Il motivo della mia venuta. Ero qui accanto, nella casa di Mr. Costigan. Ci sono venuto stamattina presto. Per fare un po' di inventario e roba del genere." Guardò Slotnik. "Lo sapevi, no, che Costigan era un nostro cliente."

"Come no. Poveraccio", disse Slotnik, allungando la mano per prendere la tazza di caffè. "Proprio l'anno scorso l'avevamo aiutato a farsi un piano di copertura pensionistico-assicurativa. Una bella copertura, modesta ma sicura. Ne aveva bisogno. E adesso quel poveraccio non potrà godersene i frutti."

"Già", disse Fieldbinder. "E quindi Alan mi ha affidato il suo immobile."

"Bene. Ci chiedevamo appunto a chi l'avrebbero affidato. Ogni tanto davamo un'occhiata per vedere se ci fosse qualcuno dei vostri. Fred non sapeva chi avrebbero incaricato, lì alla Immobiliare."

"Be', ce l'hai davanti." Fieldbinder guardò Evelyn Slotnik e sorrise. Lei ricambiò il sorriso.

Poi il sorriso di Evelyn svanì e la sua mano tornò al colletto. "Che cosa tremenda", disse. "Ci siamo rimasti di sasso. Sconvolti, ecco come ci siamo rimasti. Pensare che la testa di una persona possa... scoppiare, così, come un palloncino, da un momento all'altro, e che quella persona non sarà mai più la stessa. Incredibile. Veronica Frick, che abita a due isolati da qui, dice che Mr. Castigan non aveva mai sofferto di nulla, nessun problema di salute, mai. È proprio una cosa tremenda." Si rannicchiò ancor di più contro Slotnik.

"Tesoro, tieni presente che stiamo parlando di un vecchio", disse Slotnik, cercando di evitare che i movimenti di Evelyn gli facessero versare il caffè. "Sono cose che capitano. Quanti anni aveva, Monroe?"

"Cinquantotto", disse Fieldbinder.

"Ah, però."

"Né Donald né io siamo potuti andare al funerale", disse Evelyn. "Donald era bloccato in ufficio, e io avevo Scott a letto col raffreddore. Comunque abbiamo mandato dei fiori."

"Un bel pensiero."

"Se lo meritava", disse Slotnik. "Era un buon vicino. Tranquillo, pulito, e poi lasciava che i nostri bambini giocassero nel suo prato. E quando andavamo fuori città si offriva sempre di venire ad annaffiare le piante e a portar dentro la posta. Mi piaceva, quel poveraccio."

"Da come lo dici doveva essere un brav'uomo."

"Lo era", disse Evelyn.

Ci fu un momento di silenzio. Slotnik sì schiarì la voce. "Allora? Qualche rogna con la sua proprietà?", chiese.

"No, è relativamente priva di rogne, anche se sono appena all'inizio." Fieldbinder sorrise e scosse la testa. "Purtroppo ho cominciato a lavorarci solo oggi, per via delle mie, di rogne. La settimana scorsa c'è stata la faccenda della casa, sicché ho dovuto vedermela con quelli dell'assicurazione, e poi coi vigili del fuoco, e i sigilli, eccetera."

"Oddio, Monroe, mi spiace", disse Slotnik. "Dev'esser stato uno strazio. Scusami, non volevamo tirare fuori l'argomento se non l'avessi tirato fuori tu, vero cara? Sarai stufo di parlarne."

"Era soltanto una casa", disse Fieldbinder. "Per fortuna che tutte le carte importanti le avevo in ufficio. E poi noi avvocati tendiamo ad assicurarci fino alla cima dei capelli, come ben sapete." Sorrisero tutti. Fieldbinder guardò Evelyn. "Mi spiace per il mio uccellino, questo sì."

"Avevi un uccellino?", disse Slotnik.

"Sì. Era un tesoro. Pensate, lasciava che lo imboccassi col dito."

"Che peccato", disse Slotnik, grattandosi il collo.

"Già."

"Già."

Ci fu altro lungo silenzio. Slotnik sorseggiò il caffè, sempre col braccio intorno alle spalle di Evelyn. Evelyn sembrava passare in rivista tutto ciò che c'era nel soggiorno, tranne Fieldbinder. Sul pigiama di Slotnik i paperi c'erano per davvero, solo che in effetti sembravano più anatre.

"E i bambini come stanno?", chiese Fieldbinder.

Evelyn si schiarì la voce. "Bene. Steven sta preparando gli esami, e poi c'è il baseball, sicché è impegnatissimo. Scott ha avuto il raffreddore, ma ora sta meglio."

"Sono in casa?"

"Scott è venuto giù per colazione, caso più unico che raro", disse Slotnik. "Scott?", chiamò. Non ci fu risposta. "Dev'essere sul retro, a giocare."

"Steve è ancora a letto", disse Evelyn. "Donald dice che oggi lo mette a lanciare."

"E sarebbe anche ora", disse Slotnik. "Dico, se tuo figlio lo alleni tu, e se ha un braccio come quello di Steve, non puoi fare a meno di insistere coi lanci, no?"

"Be', mi pare giusto", disse Fieldbinder.

"Già."

"Già."

Slotnik poggiò la tazza sul tavolino. "Sicché ci volevi parlare."

"Sì", disse Fieldbinder. Evelyn fissava il bel prato verde che si vedeva dalla grande finestra del soggiorno.

Slotnik fece come per guardare l'ora, solo che non aveva orologio. "Dunque?", disse.

"Già, dunque. In sostanza mi pare di capire che Mr. Costigan non lo conosceste proprio bene."

"Be', eravamo vicini di casa. E per essere un vicino di casa lo conoscevamo bene. Cioè, quattro chiacchiere di tanto in tanto, niente di particolare."

"Capisco", disse Fieldbinder. Si guardò le mani, che teneva in grembo. "E i bambini? I bambini lo conoscevano bene?"

La fronte di Slotnik divenne una fronte perplessa.

Evelyn tornò a schiarirsi la voce. "No", disse. "Cioè, non più di quanto lo conoscessimo noi. Certe volte finivano a giocare nel suo prato, sai com'è, i bambini più spazio gli dai per giocare e più gliene serve. Anche perché tra i due prati non c'è divisione, la staccionata l'abbiamo limitata alle case, d'accordo con Mr. Costigan. Voleva molto bene ai bambini. E i bambini volevano bene a lui, soprattutto perché a Ognissanti gli regalava un sacco di dolci. Certe tavolette di Hershey talmente grandi che non riuscivano a mangiarsele tutte in una volta. Era un tipo socievole, però si faceva i fatti suoi."

"Come dovrebbero fare tutti i vicini di casa", disse Slotnik.

"No, non credo che i bambini lo conoscessero meglio di noi."

"Mi riferisco in particolare a Steve", disse Fieldbinder.

La fronte di Slotnik si aggravò. "Ascolta, Monroe, forse è meglio se ci dici qual è il problema."

Fieldbinder tirò su col naso, poi si chinò e sganciò i fermi della valigetta. Estrasse una foto e la porse a Evelyn allungando il braccio oltre il tavolino, senza mai distogliere lo sguardo da Slotnik.

La foto era a colori, e raffigurava un ragazzino che camminava lungo il vialetto a mattoni rossi di casa Slotnik, verso la porta d'ingresso. Il ragazzino era sui tredici anni, decisamente alto e robusto per l'età che dimostrava il suo volto infantile. Aveva uno zainetto a tracolla. Capelli corti, biondi. La foto sembrava presa col teleobbiettivo. Sul limitare dell'inquadratura si intravedevano degli aceri.

"Allora, se non sbaglio questo dovrebbe essere Steve", disse. "Esatto?"

Gli Slotnik alzarono gli occhi dalla foto. "Sì."

"Questa foto l'ho trovata in una stanza in casa di Mr. Costigan", disse Fieldbinder. Tornò a incrociare le mani in grembo. "Evidentemente è stata scattata da casa sua, dall'alto in basso, vista la posizione degli aceri rispetto al vialetto." Indicò gli aceri visibili da una delle finestre laterali sopra la testa di Evelyn, coi rami curvi sulla staccionata e le foglie nuove verdissime nella luce del mattino. "E tra l'altro è stata scattata col teleobbiettivo, come potete vedere. Costigan aveva un'attrezzatura fotografica di prim'ordine."

"OK", disse piano Slotnik. Non accennò a restituire la foto a Fieldbinder. "Ma non capisco quale sia il problema. D'accordo, non sapevamo che Costigan fosse un fotografo, e con ciò? È semplicemente una bella foto."

"Certo. È bella", disse Fieldbinder. Si passò una mano lungo la piega dei pantaloni. "Così come sono belle le altre centinaia di foto di Steve che ho trovato in quella stanza a casa di Costigan."

Gli Slotnik guardarono Fieldbinder.

"Foto che non è stato difficile trovare", continuò Fieldbinder, "visto che le pareti della stanza ne sono letteralmente tappezzate."

Slotnik tornò a poggiare la tazza sul tavolino.

"E quando dico tappezzate intendo dal pavimento al soffitto, Don." Fieldbinder guardò Slotnik. Slotnik guardò Evelyn.

"E sempre in quella stanza" – Fieldbinder si schiarì la voce – "in quella stanza al secondo piano, con la finestra che dà direttamente su casa vostra, e precisamente su una finestra con uno striscione 'Go Phillies!' appeso all'infisso, e che presumo, correggetemi se sbaglio, corrisponda alla stanza di Steve..." Guardò Slotnik, che non disse niente. Fieldbinder tirò su col naso. "Sempre in quella stanza c'erano non so quanti ritratti, a carboncino e a matita, alcuni a olio, tutti molto belli, di qualcuno che somiglia... no, di qualcuno che chiaramente *è* Steve. E un paio di altrettanto belle sculture, in materiali diversi, adesso non saprei dire, ma comunque sempre con Steve come soggetto. Nonché un videoregistratore adattato alquanto ingegnosamente a trasmettere all'infinito un nastro dove si vede Steve che gioca a football prima nel vostro prato e poi nel prato di Costigan, di Steve che rastrella le foglie secche, di Steve che falcia il prato, di Steve e Scott che fanno un omino di neve, se non sbaglio usando al posto del naso un calzino congelato. Vi dice qualcosa?", Fieldbinder alzò lo sguardo sugli Slotnik. "E poi anche degli... degli oggetti, conservati in un cofanetto di legno massiccio dall'aria molto costosa, tipo uno scrigno portagioie, e che comunque nell'elenco dei beni di Costigan figura tra i mobili antichi."

"Che tipo di oggetti?"

"Poco fa mi avete detto che quando eravate fuori città Costigan veniva a occuparsi della casa."

"Non sempre", disse Evelyn. "In genere era Mrs. Frick a—"

Slotnik la ignorò. "Che tipo di oggetti, Monroe?"

Lo sguardo di Fieldbinder si fece opaco. "Figurine di baseball. Alcune ciocche di capelli, capelli biondi, incollate a una scheda di agenda. Uno stecco di leccalecca, di un leccalecca all'arancia. Un paio di... kleenex." Guardò Evelyn. "C'era anche una maglietta, una maglietta bianca, marca Fruit of the Loom. Stirata e piegata con molta cura, però non lavata. Una maglietta sporca. E con su un'etichetta con una data, non so che giorno di agosto dell'anno scorso."

Evelyn si torse, e guardò Slotnik. "Quando eravamo al Cape."

"Vi risulta che Steve avesse perduto qualche indumento?", chiese Fieldbinder.

"Be', se è per questo ne perde in continuazione – sia lui che Scott. Sai come sono fatti i bambini." Evelyn sembrò lì lì per sorridere.

"No", disse Fieldbinder, "io non so come sono fatti i bambini."

"Perché dici se ci risulta che Steve avesse perduto *qualche* indumento?", chiese Slotnik.

"Be', Don, il fatto è che la

maglietta non era l'unico... capo della Fruit of the Loom che ho trovato nel cofanetto di Costigan."

"Che cavolo significa?"

"Significa mutande taglia S, Don." Fieldbinder guardò Evelyn, il cui sguardo non era più a fuoco. Fieldbinder spianò con un dito una pieghetta sulla gamba destra dei pantaloni, poi tornò a incrociare le mani in grembo. Guardò Slotnik.

Per qualche secondo Slotnik fissò nel vuoto davanti a sé, sempre cercando di domare il ciuffo ribelle, che però tornava puntualmente nella stessa posizione. "Chiamo la polizia", disse piano.

Fieldbinder sorrise beffardamente. "Per dirgli di fare cosa, Don?"

Slotnik guardò Fieldbinder.

"Se volete la mia opinione", disse Fieldbinder, "la prima cosa da fare è cercare di ricordare se ci siano state occasioni in cui possa essere successo qualcosa." Guardò gli Slotnik. "Qualcosa di anche vagamente spiacevole."

Slotnik guardò il tavolino.

"Steve è mai rimasto qui da solo? Senza qualcuno di voi in casa?"

"No, né lui né Scott. Se non ci siamo noi c'è sempre una babysitter", disse Slotnik, deciso. "E quando Steve e Scott non sono in casa sono sempre con noi oppure a scuola o coi loro amici, e comunque sappiamo sempre dove si trovano."

"Come immaginavo." Fieldbinder si chinò a chiudere la valigetta. "E vi ricordate magari di qualche episodio particolare, di qualche volta che Costigan abbia fatto o detto qualcosa di strano a proposito di Steve, davanti a voi? O direttamente a lui? Mai fatto niente di anomalo? Non ha mai, per esempio, toccato Steve?"

"Mai", disse Slotnik.

Ci fu silenzio.

"No, una volta l'ha fatto", disse piano Evelyn, guardando il prato. "Solo una volta."

Slotnik si voltò a fatica a guardare la moglie, stretta tra lui e il bracciolo del divanetto. Fieldbinder li guardò in silenzio.

"Mi era sembrata una cosa talmente da nulla che non te ne ho mai parlato, tesoro", disse Evelyn. "E non ci ho mai più pensato. Una cosa veramente da nulla."

"Forse è meglio se lasci giudicare a me", disse Slotnik.

Evelyn si serrò sulla gola il colletto della vestaglia. Fece un cenno col mento, come a indicare il prato. "Steve e Scott e io stavamo andando verso la macchina. È stato molto tempo fa, Scott era piccolo, Steve era sui dieci anni, non di più. Dovevo portare Steve da qualche parte, non ricordo dove. La macchina era nel vialetto, e dall'altro lato del vialetto c'era Mr. Costigan, nel prato. Ricordo che stava strappando i denti di leone dal prato. Accanto a lui c'era un canestro dove metteva i denti di leone man mano che li strappava." Evelyn fece un sospiro profondo, e la vestaglia tornò ad aprirsi. "Ci fermammo per salutarlo, io lo salutai e scambiammo quattro chiacchiere. Ricordo che si lamentò della seccatura di dover levare quella roba, disse che era una faticaccia perché bisognava stare attenti a levarli con tutte le radici, e le radici non volevano venir via, e non so che altro. Poi, a un certo punto..." Gli occhi di Evelyn si strinsero nello sforzo di ricordare. "A un certo punto, mentre stavamo parlando, ricordo che Costigan sfiorò con un dito Steve, senza una ragione precisa. Allungò una mano e lo toccò con un dito. Gli toccò la camicia, all'altezza del torace. Con grande attenzione."

"Che significa con grande attenzione? Ha toccato nostro figlio con grande attenzione?", Slotnik si era voltato a guardarla.

"Era come..." Evelyn guardò Fieldbinder. "Era come quando ti capita di stare davanti a una finestra, a una finestra molto pulita, e guardi fuori, e il vetro è così pulito che è come se non ci fosse. Hai presente? E per accertarti che ci sia, anche se lo sai benissimo che c'è, allunghi la mano e... tocchi la finestra, leggermente. La sfiori. Ecco, era una cosa del genere. E Steve non fece niente, credo che neanche se ne sia accorto. Deve aver pensato che Mr. Costigan gli stesse levando qualcosa dalla camicia. Ma non gli stava levando qualcosa, nient'affatto. Un gesto... strano, quasi impercettibile. Me l'ero completamente dimenticato. Da allora credo di non averci più nemmeno pensato." Guardò Fieldbinder. "Ecco cos'è successo. Ma è stato un sacco di tempo fa."

"Già", disse Fieldbinder.

Gli Slotnik non dissero niente.

"Ecco spiegata la ragione di questa mia visita improvvisa", disse Fieldbinder. "Ho pensato che prima o poi qualcuno doveva pur dirvelo, e ho creduto che adesso... be', meglio prima che poi." Fece un mezzo sorriso.

"Hai fatto bene", disse piano Slotnik.

"Sentite", disse Fieldbinder, "secondo me la cosa migliore da fare è farvi una chiacchierata con Steve. Niente di pazzesco, solo per capire se sia successo qualcosa, qualcosa che abbia potuto turbarlo." Guardò Evelyn. "Anche se sono sicuro di no. Secondo me non è successo niente del genere. Comunque sarà bene che gli parliate lo stesso."

"Vado subito a svegliarlo", disse Slotnik. Fieldbinder e Evelyn si alzarono. Fieldbinder prese l'impermeabile e lo aprì, spianando col dorso della mano un paio di pieghe.

"Ottima idea, Don", disse. "Giusto una chiacchierata tranquilla. Secondo me sarà sufficiente. E... Don, se vuoi venire a dare un'occhiata, a... a quella roba, sappi che mi fermo lì ancora per un'oretta."

"Non ci penso proprio", disse Slotnik. "Anzi, ti sarei grato se dicessi ai tuoi operai di buttarla via, quella roba. Comunque io non voglio vederla." Ricominciò con il ciuffo ribelle. "Se quell'uomo ha messo le mani su mio figlio, giuro che lo ammazzo."

Ci fu una pausa.

"Comunque sia", disse Fieldbinder. "Io vado. Spero di aver fatto bene a venire. Scusatemi ancora, ma pensavo che fosse giusto dirvelo subito."

"Monroe", disse Slotnik, "ti sei dimostrato un vero amico. Sul serio. Hai fatto bene, e lo apprezziamo più di quanto ci riesca di dire." Tese la destra, ancora appiccicosa, e Fieldbinder la strinse, sentendo odore di marmellata. Slotnik girò sui tacchi delle sue pantofole di pelle e si diresse verso le scale. Evelyn accompagnò Fieldbinder alla porta. Non disse niente.

Giunto alla porta, Fieldbinder si voltò a guardarla. "Ascolta", disse. Scoccò un'occhiata alle scale. "Mi rendo conto che non è il momento adatto." Sorrise affettuosamente. "Ma ho una gran voglia di vederti, e volevo dirti che in realtà io lì ci resto per tutta la giornata. Devo finire il lavoro entro oggi, sono troppo in ritardo. Perciò ci resto tutto il giorno, e gli operai non verranno prima delle tre. Pensaci. Cioè, in base a come ti senti. Però, se la cosa ti pare possibile, magari mentre loro sono al baseball..."

Evelyn non disse niente. Aveva aperto la porta di casa per far uscire Fieldbinder. Guardava qualcosa alle sue spalle, sul prato. Fieldbinder si voltò a guardare.

"Ehilà, ma quello è il grande Scott!", disse. "Ciao, Scott. Ti ricordi di me?"

Scott Slotnik giocava con una palla da tennis sul vialetto, quasi sulla strada. Ogni volta che rimbalzava sulle mattonelle cosparse di fili d'erba, la palla faceva un rumore sordo. Al richiamo di Fieldbinder, Scott aveva alzato gli occhi.

Ci fu silenzio, tranne per gli schiocchi di una cesoia dietro un cespuglio sull'altro lato della strada. Evelyn guardò Scott e alle spalle di Scott. Poi trasalì. "Scott!", disse seccamente. "Vieni subito qui, per favore."

Fieldbinder si voltò a guardare Evelyn. Sorrise e le poggiò una mano sul braccio, sulla manica della vestaglia. "Ehi", le disse. "Su con la vita."

Evelyn guardò la mano di Fieldbinder lì sul braccio, per un istante. Scott stava avvicinandosi alla porta. Evelyn tornò a guardare il bambino. "Scusa, tesoro", gli disse. Sorrise. "Se vuoi puoi continuare a giocare."

Scott guardò Fieldbinder e la madre, e poi la palla che aveva in mano.

"Comunque io sarò lì tutto il giorno", disse Fieldbinder.

"Sì", disse Evelyn. Rientrò in casa, lasciando aperta la porta.

Fieldbinder si avviò lungo il vialetto, verso Scott Slotnik.

Dalla finestra del soggiorno, Evelyn guardò Fieldbinder fermarsi e sorridere e inginocchiarsi a dire qualcosa a Scott Slotnik. Qualcosa cui Scott reagì sorridendo timidamente e annuendo. Fieldbinder scoppiò a ridere. Evelyn cercò di ravviarsi i capelli ancora spettinati. I suoi pollici appiccicosi le si impigliarono tra i capelli.

Indice

Mine vaganti

1. Dorothy Porter *La maschera di scimmia*
2. David Foster Wallace *La scopa del sistema*
3. Jasmina Tesanovic *Normalità*
4. Blake Morrison *Come se*
5. Tobias Hill *Underground*
6. Dorothy Porter *Akhenaton*
7. David Foster Wallace *Infinite Jest*
8. John Cheever *Il nuotatore*
9. John Cheever *Falconer*
10. Josef Škvorecký *Il miracolo*
11. Ted Heller *Slab rat*
12. Barry Gifford, Lawrence Lee *Jack's book*
13. Dorothy Porter *Che gran capolavoro...*
14. John Cheever *Ballata*
15. Richard Fariña *Così giù che mi sembra di star su*
16. Alexander Trocchi *Il Libro di Caino*
17. John Cheever *Bullet park*
18. Ken Kalfus *Sete*
19. Stacy Schiff *Véra*
20. Rebecca Miller *Personal velocity*
21. Leonard Cohen *Beautiful Losers*
22. John Cheever *Oh città dei sogni infranti!*
23. A. Farrachi *La dislocazione. Il Graal polverizzato*
24. Paul Cody *Il bambino rubato*
25. Nicolas Genka *L'Epimostro*
26. Louis-Marie Jourdain *Pop*
27. John Cheever *Gli Wapshot*
28. John Cheever *Il rumore della pioggia a Roma*
29. Booth Tarkington *I magnifici Amberson*
30. John Cheever *Lo scandalo Wapshot*
31. Michel Butor *La modificazione*

32. Marlon Brando e Donald Cammell *Fan-Tan*
33. Patrick McCabe *Colazione su Plutone*
34. John Cheever *Sembra proprio di stare in paradiso*
35. Jean-Philippe Toussaint *Fuggire*
36. Vikram Seth *Golden Gate*
37. Jon Fosse *Melancholia*
38. John Cheever *Racconti italiani*
39. Hunter S. Thompson *Hey Rube*
40. Josef Škvorecký *L'ingegnere delle anime umane*
41. Jon Fosse *Insonni*
42. John Cheever *Tredici racconti*

Fandango Libri

Alessandro Baricco *Questa storia*
Albinati&Timi *Tuttalpiù muoio*
Sandro Onofri *Vite di riserva*
Rupert Holmes *False verità*
Eraldo Affinati *Compagni segreti*
Davide Enia *Rembò*
D. Voltolini *Le scimmie sono inavvertitamente uscite dalla gabbia*
Beppe Salvia *Un solitario amore*
Ken Kalfus *Uno stato particolare di disordine*
Rocco Ronchi *liberopensiero*
Alessandro Baricco *I barbari*
La matematica del gol a cura di Marta Trucco, testi di Gianni Biondillo, Federico Calamante, Antonio Dipollina, Davide Enia, Pietro Grossi, Marco Lodoli, Edoardo Nesi, Umberto Nigri, Darwin Pastorin, Francesco Piccolo, Giorgio Porrà, Nicola Roggero, Andrea Scanzi, Walter Veltroni, Carlo Verdelli, Sandro Veronesi e con il film in dvd di Umberto Nigri "Con la mano di Dio"
Elena Varvello *L'economia delle cose*
Goffredo Parise *I movimenti remoti*
Bill Buford *Calore*
Edoardo Albinati *Orti di guerra* (libro + cd)
Antonio Leotti *Il giorno del settimo cielo*
Alessandro Baricco *Seta*
Filippo Timi *E lasciamole cadere queste stelle*
Carlo Lucarelli *Tenco a tempo di tango* (libro + cd)
Emma Richler *Date da mangiare ai miei amati cani*
Vestal McIntyre *Non sei tu*
Mario Perrotta *Emigranti Esprèss*
Salvador Plascencia *Gente di carta*

Ismail Kadaré *Dante, l'inevitabile*
Rebecca Miller *Le vite private di Pippa Lee*
Helen Cross *I segreti che lei custodisce*
Arianna Giorgia Bonazzi *Oggi stesso sarai con me in paradiso*
Florian Henckel von Donnersmarck *Le vite degli altri*
Peter Bogdanovich *Chi c'è in quel film?*
Raffaele La Capria, Emanuele Trevi *Letteratura e libertà* (libro + dvd)
Ismail Kadaré *Il crepuscolo degli dei della steppa*
Filippo Bologna *Come ho perso la guerra*
Herman Melville *Tre scene da Moby Dick tradotte e commentate* da Alessandro Baricco e Ilario Meandri
The Paris Review. Interviste vol. 1
Edoardo Albinati *Guerra alla tristezza!*
Davide Longo *L'uomo verticale*
Mishna Wolff *Credetemi, c'ho provato*
The Paris Review. Il libro.
Sapphire *Precious*
Ismail Kadaré *Il mostro*
Mark Strand *Il Monumento*
The Paris Review. Interviste vol. 2
Sandro Veronesi *XY*
Eleanor Catton *La prova*
Peter Bogdanovich *Chi ha fatto quel film?*
The Paris Review. Il Libro della Gente con Problemi
Nichi Vendola *C'è un'Italia migliore*
Amoreena Winkler *I bambini di dio*
Harold Brodkey *Primo amore e altri affanni*
Elena Varvello *La luce perfetta del giorno*
Francesca Comencini *Famiglie*
Grégoire Polet *Chucho*
Ismail Kadaré *La nicchia della vergogna*

Gianni Clerici *Il suono del colore*
Leonardo Casula *Il trasloco*
Antonia Iaccarino *Il figlio della santa*
Alistair Morgan *Nessun dorma*
The Paris Review. Interviste vol. 3
Antonio Debenedetti *Il tempo degli angeli e degli assassini*
Guillermo Rosales *La casa dei naufraghi*
Hilary Thayer Hamann *Antropologia di una ragazza*

Maurizio de Giovanni *Il senso del dolore*
Maurizio de Giovanni *La condanna del sangue*
Maurizio de Govanni *Il posto di ognuno*
Maurizio de Giovanni *Il giorno dei morti*

Galleria Fandango

Gaia Manzini *Nudo di famiglia*
Arnaldo Greco *Nomi, cose, città*
Giuliano Foschini *Quindici passi*
Davide Morganti *Caina*
Vittorio Giacopini *Il ladro di suoni*
Vincenzo Pardini *Banda randagia*
Lorenzo Pavolini *Accanto alla tigre*
Emmanuele Bianco *Tiratori scelti*
A. Greco, A. G. Bonazzi *Sopravvivere all'attesa*
Gilda Policastro *Il farmaco*
Cosimo Argentina *Vicolo dell'acciaio*
Mauro Francesco Minervino *Statale 18*
Andrés Beltrami *La cura*
Vittorio Giacopini *L'arte dell'inganno*
Carlo Mazzoni *Due amici*
Vincenzo Pardini *Il viaggio dell'orsa*
Giancarlo Liviano D'Arcangelo *Le ceneri di Mike*
Antonio Leotti *Il mestiere più antico del mondo*

Finito di stampare per conto di Fandango Libri s.r.l.
nel mese di novembre 2011
presso le Grafiche del Liri s.r.l.
03036 Isola del Liri (FR)

Redazione Fandango Libri